AF620782

# MARTIN ET BAMBOCHE,

OU

## LES AMIS D'ENFANCE,

DRAME EN CINQ ACTES ET DIX TABLEAUX,

PAR M. EUGÈNE SUE.

REPRÉSENTÉ, POUR LA PREMIÈRE FOIS, A PARIS, SUR LE THÉATRE DE LA GAITÉ, LE 27 OCTOBRE 1847.

---

### DISTRIBUTION DE LA PIÈCE.

| | | |
|---|---|---|
| BAMBOCHE | MM. | DESHAYES. |
| CLAUDE GÉRARD | | SURVILLE. |
| SCIPION | | GOUGET. |
| MARTIN | | ALBERT |
| DURIVEAU | | SAINT-MAR. |
| LA LEVRASSE | | NEUVILLE. |
| LÉONIDAS | | LESUEUR. |
| DESCHAMPS | | PRADIER |
| LE DOCTEUR | | BRÉMONT. |
| UN GARDIEN | | CHARLET. |
| UN COCHER | | ÉDOUARD. |
| UN POSTILLON | | CASSARD. |
| UN CONDUCTEUR | | D'HARCOURT. |
| UN DOMESTIQUE | | FONBONNE. |
| UN CHASSEUR | | HIPPOLYTE D. |
| GRÉGOIRE | Mmes | PATUREL. |
| PERRINE | | ABIT. |
| RÉGINA | | MARIE-CLARISSE. |
| BASQUINE | | MEIGNAN. |
| Mlle HONORÉ | | WEYS. |

---

Yth 11210

1847

# ACTE I.

## PREMIER TABLEAU.

Le théâtre représente le devant de la maison de Claude Gérard que l'on aperçoit à gauche; sur le devant, du même côté, petite porte à claire voie communiquant avec le clos. Tout le côté droit est occupé par un mur percé au premier plan d'une petite porte verte; un peu au-dessus de la porte une petite étable. Au bout de ce mur, qui finit au quatrième plan, on aperçoit les premières fenêtres d'une maison dont toutes les persiennes sont fermées. Une barrière, ayant au milieu une porte charretière, réunit en traversant le théâtre les deux maisons, l'une ayant sa façade, l'autre son pignon sur la route. Au fond, campagne et sentier montant.

### SCENE I.

LA LEVRASSE, LÉONIDAS REQUIN*. *Léonidas, en domestique nègre, entre le premier, avec précaution, examinant de tous côtés.*

LA LEVRASSE *paraît au coin de la scène derrière la barrière du fond; à mi-voix.*

Eh bien?

LÉONIDAS.

Personne!

LA LEVRASSE, *s'avançant.*

Tu en es sûr? regarde bien, mon enfant.

LÉONIDAS.

Personne, je vous dis, vous pouvez avancer sans crainte, père la Levrasse.

LA LEVRASSE, *lui donnant un coup de pied.*

Tu m'appelleras donc toujours la Levrasse... animal!

LÉONIDAS.

Je crois bien, avec des coups de pied pareils qui me rappellent le temps où je travaillais comme votre paillasse pendant que vous étiez Hercule de l'Est et directeur de notre troupe ambulante.

LA LEVRASSE.

Autres temps, autres mœurs. Léonidas Requin, tu as été paillasse, ensuite homme poisson.

LÉONIDAS.

Avouez que je n'avais pas mon pareil pour jouer des nageoires,

* Léonidas, la Levrasse.

faire le saut de carpe dans mon baquet, et dire papa et maman à la société, selon le sexe de chacun.

LA LEVRASSE.

Le fait est que tu avais un petit air marsouin très-naturel; mais d'homme poisson je t'ai créé nègre, pour le moment. Ah! ça, voyons, recordons nous un peu. (*Regardant autour de lui.*) C'est bien cela. (*Montrant la gauche.*) Les bâtiments de l'école de Claude Gérard... (*Montrant la droite.*) attenant à la maison inhabitée dont il est le gardien... le jardin... (*S'éloignant un peu du mur et se haussant sur la pointe des pieds.*) Là bas, le faîte du petit bâtiment où doit se trouver l'objet en question. Les renseignements sont très-exacts... qui diable a pu habiter là ?.. (*Se rapprochant du mur.*) Cette porte donne sur le jardin ; qu'est-ce que tu dis de cette porte, Léonidas ?... va donc faire sa connaissance.

LÉONIDAS, *l'examinant.*

Elle ne me paraît pas trop farouche, la drôlesse, tandis que le grand coquin de mur de l'autre côté ne m'inspire aucune tendresse avec ses tessons de bouteilles tranchants comme des rasoirs...

LA LEVRASSE.

Je t'apprendrai à avoir de ces préférences-là, nègre que tu es**.

LÉONIDAS.

Je suis nègre pour le quart d'heure, après quoi je redeviens blanc, mais blanc comme un petit cygne ; mais enfin vous avez voulu que je sois nègre, j'accepte sans comprendre.

LA LEVRASSE.

Tu vas comprendre, car il est temps que je me déboutonne avec toi... prête-moi tes ouïes... Tu as vu quelquefois dans mon établissement à Paris un de mes amis, le vicomte Scipion Duriveau ?

LÉONIDAS.

Ah ! oui, ce jeune freluquet qui vous appelle toujours vieux voleur.

LA LEVRASSE.

C'est une drôlerie de sa part ; il est gai comme doit l'être la jeunesse. Mon ami le vicomte Scipion Duriveau, quoiqu'il n'ait que vingt ans, a déjà dépensé tout ce qui lui revenait du chef de sa mère, et de plus il commence à me devoir une somme assez ronde.

LÉONIDAS.

Alors vous entamez le chef du père?

LA LEVRASSE.

Oui, mais ledit père est tuteur de la fille d'un de ses anciens

* La Levrasse, Léonidas.
** Léonidas, la Levrasse.

amis, qui en mourant a souhaité que sa fille apportât en dot au Vicomte toute sa fortune, qui se monte à quatre millions... le Vicomte désire beaucoup ce mariage, et moi aussi, tu sens cela.

LÉONIDAS.

Très-bien... très-bien!...

LA LEVRASSE.

Mais comme la demoiselle paraît moins pressée que nous, mon honorable ami a cherché un moyen de la presser un peu; or, il a su que dans cette maison ici présente il y a un certain oratoire, dans cet oratoire une certaine pierre, sous cette pierre un certain coffret, dans ce coffret certains objets précieux et certains papiers contenant un mystère de famille; or, il veut ce mystère.

LÉONIDAS.

Et si je vous demande pourquoi veut-il ce mystère?...

LA LEVRASSE.

Je te répondrai, parce qu'un mystère se fait payer; or, suppose que quand nous aurons enlevé la chose de là-dedans (*il montre le jardin,*) on se doute que nous soyons les auteurs de la plaisanterie, qu'est-ce qu'on se dira? le coup n'a pu être fait que par ce petit vieux qui avait une barbe rouge, un domestique noir, et des lunettes vertes...

LÉONIDAS.

Très-bien!

LA LEVRASSE.

Le coup fait, ma barbe disparaît, tu reviens à ta blanche laideur, et je mets les lunettes dans ma poche; nous nous rendons à Simencourt, où le Vicomte nous attend, nous et le précieux coffret, en soupant avec ses amis après la chasse à laquelle ils ont pris part...

LÉONIDAS.

Père la Levrasse, vous êtes grand, vous êtes immense, vous l'avez toujours été, même lorsque vous faisiez l'Hercule de l'Est avec vos faux mollets, votre caleçon en peau de tigre et vos bottines fourrées de peau de lapin et quand vous portiez la petite Basquine sur votre tête, Martin sur une épaule et Bamboche sur l'autre.

LA LEVRASSE.

Ne me parle jamais de ces ingrats!... des serpents que j'ai réchauffés dans mon carrick.

LÉONIDAS.

C'est-à-dire que vous avez trouvés sur la grande route ou que vous avez enlevés à leur famille.

LA LEVRASSE.

A qui j'avais donné un état...

LÉONIDAS.

En leur disloquant les os.

LA LEVRASSE.

Ils ont mis le feu à ma maison-voiture tandis que j'y dormais enveloppé dans ce même carrick.

LÉONIDAS.

Ils ont voulu s'en aller chercher du pain moins dur.

LA LEVRASSE.

Ils m'ont flambé, mon ami, et j'ai, c'est-à-dire, je n'ai plus un sourcil qui n'a jamais repoussé. Ne parlons plus d'eux... ne parlons plus d'eux...

LÉONIDAS.

C'est dommage! car vous étiez bien beau; et les femmes! Dieu de Dieu! en avez-vous fait des malheureuses!...Eh! eh!... disaient elles... quel gaillard!

LA LEVRASSE, *avec fatuité.*

Et avec ça, j'étais si calin!... si chatj!... (*Soupirant.*) Oh! mes belles maîtresses! oh! mes jeunes années!... (*Coup de pied à Léonidas.*) Revenons à nos affaires...

LÉONIDAS.

C'est étonnant! vous ne pouvez pas vous déshabituer de vos coups de pied d'autrefois, et vous me les gardez toujours pour le tête-à-tête.

LA LEVRASSE, *avec mélancolie.*

C'est vrai! mais que veux-tu, quand je suis seul avec toi j'aime à remonter ainsi le passé. (*Coup de pied.*) Cette porte te paraît donc...

LÉONIDAS.

Potable! très-potable

LA LEVRASSE.

En ce cas, va te mettre à l'œuvre. (*Léonidas va à la porte qu'il essaie d'ouvrir, Grégoire entre par le fond.*

## SCÈNE II.

LES MÊMES, GRÉGOIRE*.

GRÉGOIRE.

Tiens, cet homme! comme il regarde la porte. (*La Levrasse aperçoit Grégoire et tousse pour avertir Léonidas, qui ne l'entend pas.*) Que diable! peut-il donc faire là? (*La Levrasse s'approche de Léonidas qui est penché vers la porte, et lui donne un coup de pied.*)

LA LEVRASSE.

Curieux!

LÉONIDAS.

Hein? (*La Levrasse lui montre Grégoire.*)

* Grégoire, la Levrasse, Léonidas.

GRÉGOIRE.

Tiens... un nègre!... ça fait le second que je connais avec le mouton noir de la mère Arsène...

LA LEVRASSE.

Vous ne voyez pas, Toboso, que vous pouvez gêner les habitants de cette maison? N'est-ce pas, jeune homme?

GRÉGOIRE.

Oh! pour cela, monsieur, il n'y a rien à craindre.

LA LEVRASSE.

Pourquoi cela, jeune homme?

GRÉGOIRE.

Parce que cette maison qu'on ne voit pas, c'est ce qu'il y a de plus curieux dans le pays... il y a longtemps... à l'époque de ma seconde dentition, il est venu dans cette maison une dame avec une petite fille; elle se faisait appeler madame Jean... Jean tout court. Elle est morte il y a trois ans; quelques jours après, une belle voiture est venue chercher la jeune fille... Par son ordre, tout est resté dans la maison comme c'était du vivant de sa mère, et tous les ans, au pareil jour de la mort, mademoiselle Régina vient visiter la chose et faire une oraison.

LA LEVRASSE.

Et c'est aujourd'hui... (*Bas.*) Nous sommes mal tombés...

GRÉGOIRE.

Mais elle va partir...

LA LEVRASSE.

Avant la nuit?

GRÉGOIRE.

Oui, parce que j'ai vu arriver à la poste dans une belle voiture un monsieur qui l'attend...

LÉONIDAS.

Et quand elle part, alors, la maison reste toute seule?

LA LEVRASSE.

Toboso, tu abuses de la complaisance de ce jeune homme.

GRÉGOIRE.

Oui, toute seule, mais elle est gardée par Claude Gérard, le maître d'école du village, et par Martin.

LÉONIDAS, *bas à la Levrasse.*

Tiens, Martin, si c'était...

LA LEVRASSE, *bas.*

Tu es bien bête, tu ne connais pas même le proverbe, il y a à la foire plus d'un... Léonidas.

LÉONIDAS, *à part.*

Oh! je vais bien savoir... (*Haut.*) Attendez donc, Martin, c'est un petit vieux blanc qui a des yeux rouges?

GRÉGOIRE, *riant.*

Oh! non, puisqu'il n'a pas plus de vingt-quatre ans. Le voilà qui vient, Martin.

LÉONIDAS.

Ah ! vraiment ? (*Il regarde Martin, qui paraît au fond sur la colline. Bas à la Levrasse.*) C'est lui !

LA LEVRASSE, *bas.*

Tu crois ?

LÉONIDAS, *bas.*

Sa tête a pris du corps, mais c'est lui.

LA LEVRASSE, *bas.*

En ce cas, filons par le clos. (*Ils s'échappent.*)

GRÉGOIRE, *qui est toujours resté tourné vers le fond.*

Eh bien ! le reconnaissez-vous ?...

## SCENE XIX.

### MARTIN, GRÉGOIRE.

GRÉGOIRE *se retournant.*

Eh bien ! partis... sans rien dire... après ça, c'est bien fait... je l'ai chagriné, ce nègre. Il me dit : Je le connais... Je lui dis : Vous ne le connaissez pas... ça l'a blessé, chacun a son amour propre... Tiens ! te voilà Martin ? Tu reviens du village ?... Eh bien, j'espère que le pays est fameusement monté en étrangers aujourd'hui... Mais dis donc, tu ne m'écoutes pas... (*Martin pose son front dans sa main et s'assied sur un banc sans rien entendre.*) Il est dans ses lubies... Je vas tâcher de retrouver le nègre.

MARTIN.

Elle va partir, une éternelle séparation... (*Grégoire sort par le fond en courant. Au même instant, Claude Gérard sort de la maison à gauche.*)

## SCENE XV.

### CLAUDE GÉRARD, MARTIN.

CLAUDE GÉRARD, *regarde un moment Martin en silence, s'approche doucement de lui et pose sa main sur l'épaule du jeune homme; celui-ci tressaille et se lève vivement.*

Martin !...

MARTIN.

Pardon, mon ami !...

CLAUDE GÉRARD.

Te voilà, mon pauvre garçon, bien préoccupé, bien accablé, et les pensées qui t'abattent ainsi ne sont peut-être pas celles qu'on te supposerait aujourd'hui.

MARTIN.

Que voulez-vous dire ?

CLAUDE GÉRARD.

Mon enfant, écoute-moi, je dois avoir avec toi un entretien sérieux... Nous allons nous séparer...

MARTIN.

Nous séparer ! vous quitter, mon ami, mon père ! Ah ! je ne puis me faire à cette pensée !

CLAUDE GÉRARD.

Autant que toi j'ai besoin de courage. (*Après une pause, et montrant une fenêtre basse.*) C'est par cette fenêtre qu'il y a huit ans, tu t'es introduit dans cette pauvre demeure.

MARTIN, *avec amertume.*

Oui, pour commettre un vol.

CLAUDE GÉRARD.

Hélas ! la misère, le mauvais exemple, l'ignorance t'avaient poussé à cette action funeste. Pauvre abandonné sur le grand chemin et ramassé par une troupe de saltimbanques, où aurais-tu pris les notions du bien et du mal?...

MARTIN.

Hélas ! je n'avais pas été seul perverti.

CLAUDE GÉRARD.

Oui, ces deux malheureux enfants, tes complices qui se sont échappés.

MARTIN.

Pauvre petite Basquine, si douce et si aimante ! Pauvre Bamboche ! si courageux et si dévoué pour moi ! S'ils vous avaient rencontré, ils seraient comme moi revenus au bien... au lieu qu'à cette heure peut-être... Ah ! mon ami, cette pensée est affreuse, car, unis autrefois par le malheur, par des souffrances communes, j'ai conservé pour ces deux compagnons de ma triste enfance une inaltérable amitié.

CLAUDE GÉRARD.

Mon cher enfant, je rappelle le point d'où tu es parti et le chemin que tu as fait, non pour me glorifier, mais afin que le dernier regard jeté sur ta vie passée te donne la force d'envisager l'avenir avec tranquillité. Tu as souffert de la pauvreté; de plus poignantes douleurs t'attendent peut-être, celles qui frappent au cœur. Contre tous les maux sois courageux, mon enfant, accepte, ainsi que tu l'as fait près de moi, pauvre maître d'école de village, une vie de travail et d'épreuves...

MARTIN.

Ah ! pour me soutenir, pour m'encourager ici, j'avais vos conseils, mon ami ; pendant longtemps j'ai eu la douce bienveillance de cette femme, de cet ange à qui sa fille rend en ce moment un pieux hommage... Ah ! malgré moi, mon cœur se brise en songeant qu'il faut vous quitter pour longtemps, pour toujours peut-être...

CLAUDE GÉRARD.

Pour toujours?... non... non... dès que j'aurai rempli le devoir sacré qui me fait momentanément quitter le pays, j'y reviendrai continuer mes humbles travaux.

MARTIN.

Ah ! si vous aviez voulu...

CLAUDE GÉRARD.

Une position inespérée s'offre à toi... ne pas l'accepter serait insensé... Une personne à qui j'ai rendu autrefois un service important, a besoin d'un homme intègre et sûr, j'ai répondu de toi cœur pour cœur ; malgré ta jeunesse, cette personne t'accepte comme secrétaire... encore une fois, mon enfant, cette position était inespérée, il faut se hâter de l'accepter.

MARTIN.

Ainsi, mon ami, je vous devrai tout.

CLAUDE GÉRARD.

Et moi, ne t'ai-je pas dû les seuls moments de bonheur que j'aie goûtés depuis bien longtemps ? Ah ! crois-moi, je t'ai dû souvent l'oubli de bien cruels chagrins.

MARTIN.

Et ces chagrins, jamais je ne saurai...

CLAUDE GÉRARD.

A quoi bon t'attrister, tu ne peux remédier à mes maux.

MARTIN, *vivement.*

Mon ami, on vient... mademoiselle Régina ! (*A part.*) Ah ! j'avais espéré la voir seule et qu'il n'apprendrait qu'après mon départ....

## SCENE V.

### CLAUDE GÉRARD, RÉGINA, MARTIN, Mlle HONORÉ.

RÉGINA, *à sa gouvernante.*

Mademoiselle Honoré, veuillez veiller aux préparatifs du départ ; vous viendrez me prévenir lorsque la voiture sera prête.

Mlle HONORÉ, *sortant.*

Oui, mademoiselle.

RÉGINA, *à Claude Gérard avec une émotion contenue.*

Monsieur Gérard, chaque année à pareil jour, je viens vous remettre ces clefs et vous remercier des soins que vous et monsieur Martin, prenez de tout ce qui me reste de ma mère ; mais aujourd'hui, après ce que j'ai trouvé dans l'oratoire, tenez, monsieur Gérard... excusez mon émotion, vous devez la comprendre.

CLAUDE GÉRARD.

En vérité, mademoiselle, je ne sais...

RÉGINA.

Vous ne savez ! lorsque je vous dois la plus douce surprise... Ah ! mes larmes ont coulé, mais ces larmes n'étaient point amères. Seulement, par quel prodige avez-vous pu réussir ainsi ?

MARTIN, *à part.*

Je tremble...

CLAUDE GÉRARD.

Martin a voulu cette année se charger de l'oratoire, lui seul pourra vous dire...

RÉGINA.

Comment, monsieur Gérard, vous ignoriez que ce portrait...

CLAUDE GÉRARD.

Un portrait ?

RÉGINA.

Ce portrait de ma mère, ce dessin d'une admirable ressemblance... *Monsieur* Martin, de grâce... ce portrait comment vous l'êtes-vous procuré ?

MARTIN.

Mademoiselle...

RÉGINA.

Oh ! parlez... il m'a semblé revoir ma mère ; c'était son charme si doux et si triste, sa figure angélique.

MARTIN.

Mademoiselle, excusez ma hardiesse, mais ce portrait...

RÉGINA.

Achevez...

MARTIN.

C'est moi qui l'ai essayé de souvenir.

RÉGINA.

Vous ?

CLAUDE GÉRARD.

Toi, Martin ?

MARTIN.

Votre sainte mère, mademoiselle, après ces jeux d'enfance où vous m'admettiez quelquefois, m'interrogeait souvent sur mes travaux, mes études ; encouragé par votre présence, je répondais les yeux attachés sur ses yeux, pour y lire si je me trompais... je l'ai si souvent regardée...

RÉGINA.

Et vous avez pu de mémoire ?...

MARTIN.

Vous ressemblez beaucoup à votre mère, mademoiselle... cela m'a peut-être aidé aussi.

RÉGINA.

Ah ! monsieur Martin ! combien je suis touchée !

CLAUDE GÉRARD, *à part.*

L'infortuné !

MARTIN.

Il était bien naturel de m'efforcer de laisser ici un témoignage de mon respectueux souvenir... au moment où je vais quitter le pays...

REGINA, *avec émotion.*

Vous partez ?

MARTIN.

Avant une heure.

RÉGINA, *à Gérard avec un intérêt contenu.*

C'est un voyage à l'étranger que monsieur Martin va entreprendre ?

CLAUDE GÉRARD.

Il quitte tout à fait le pays.

RÉGINA, *avec inquiétude.*

Pour toujours !

CLAUDE GÉRARD.

Il se rend près d'un protecteur des bontés duquel il peut tout attendre.

RÉGINA.

Bien loin ?

CLAUDE GÉRARD.

A Paris !

RÉGINA, *à part, avec une joie secrète.*

A Paris !

M^lle^ HONORÉ, *rentrant.*

Mademoiselle, monsieur votre tuteur vous attend dans la voiture.

RÉGINA.

Adieu, monsieur Gérard, à l'an prochain, je l'espère. Monsieur Martin, mes vœux et ma reconnaissance vous suivront ; s'il ne dépendait que de moi, je vous dirais aussi à l'an prochain pour vous revoir et vous remercier encore. (*Claude Gérard accompagne Régina jusqu'à l'extérieur, il revient alors à Martin, qui est tombé anéanti sur un banc et cache dans ses mains son visage noyé de larmes.*)

## SCENE VI.

### CLAUDE GÉRARD, MARTIN.

CLAUDE GÉRARD.

Malheureux ! je t'ai deviné.

MARTIN.

Que dites-vous ?

CLAUDE GÉRARD.

Tu l'aimes !

MARTIN.

Pouvez-vous croire ?

CLAUDE GÉRARD.

Ah ! maintenant tout m'est expliqué, ta tristesse toujours croissante, ton inquiétude, ton agitation.

MARTIN.

Eh bien, oui, je l'aime, je l'aime comme un insensé ; du pre mier jour où je l'ai vue je l'ai aimée; sa grâce, sa candeur, ce parfum de pureté, m'ont frappé au cœur; nos jeux, cette familiarité de l'enfance, ont fait pénétrer mon affection au plus profond de mon âme, et quand sa mère mourut, sa douleur si vraie... tant de larmes versées, en la voyant pleurer, me la firent aimer davantage encore... Elle partit, ce qui était sacré pour elle devint sacré pour moi... son souvenir était là, toujours, toujours...

CLAUDE GÉRARD.

Hélas, mon ami, il t'a donné plus de tourments que de joie..

MARTIN.

Oui, car je sentais que ce fol amour me vouait à jamais au malheur... Mais que faire, ici, dans cet isolement, entouré d'objets qui chaque jour me rappelaient elle ou sa mère? Je n'ai pu résister à ce fatal entraînement.

CLAUDE GÉRARD.

Ah! oui, fatal, bien fatal.

MARTIN.

Vous dire avec quelle impatience dévorante j'attendais chaque année le jour de son arrivée, pour la voir quelques instants à peine, vous dire... Oh! mon ami, pardon!... pardon, mais je n'ai jamais eu tant de désespoir dans l'âme... Tout perdre en un jour, vous, elle! (*Se jetant dans ses bras.*) Ah! je ne puis plus parler.

CLAUDE GÉRARD.

Malheureux enfant, je t'avais bien dit qu'il est des jours où l'on regarde heureux ceux où l'on n'a souffert que du froid et de la faim; mais c'est surtout contre les maux de l'âme que le courage de l'homme est un spectacle agréable à Dieu. De la force, mon ami... du courage!

## SCÈNE VII.

LES MÊMES, LA LEVRASSE, LÉONIDAS. *Ils entrent avec précaution par la porte du clos.*

LÉONIDAS, *bas.*

Ils sont encore là, Martin et un autre... ils causent.

LA LEVRASSE, *bas.*

Alors tais-toi, on profite toujours à entendre causer des gens respectables... (*Ils vont se cacher derrière la petite étable.*)

MARTIN.

J'ai honte de cette faiblesse...

CLAUDE GÉRARD.

Ne crains pas de reproche: pour être sans pitié il faudrait n'avoir pas souffert.

MARTIN.

Quoi! vous aussi mon ami?

CLAUDE GÉRARD.

Ce devoir dont je te parlais, ces douleurs auxquelles ton amitié ne pouvait rien... je ne veux plus te les cacher.

LA LEVRASSE, *bas.*

Voyons un peu, mon vieux.

CLAUDE GÉRARD.

Depuis deux ans j'étais sorti du collége où mon père, honnête artisan, m'avait fait faire mes études, lorsque je connus une jeune fille nommée Perrine, appartenant à de bons ouvriers, amis de notre famille; je l'aimai, comme tu aimes, Martin, avec toute mon âme; à un amour dévoué elle ne répondit que par l'estime et la confiance, mais quand mon père la demanda pour moi en mariage, elle parut accepter sans regret; et je me sentais tant d'affection pour elle, que j'étais certain de lui faire partager mon amour; mais pour nous unir, il fallait attendre deux années pendant lesquelles je devais être absent du pays. Je partis, toutes mes joies moururent ce jour-là...

MARTIN.

Comment ?

CLAUDE GÉRARD.

A peine étais-je éloigné que revint dans notre ville un de mes camarades de collége; depuis mon enfance, il était mon ami, mon seul, mon meilleur ami; mais lui était riche, brillant... je puis te le nommer... car tu ne le verras jamais... le comte Duriveau...

LÉONIDAS, *bas.*

Tiens ! si c'était le père au jeune vicomte?

LA LEVRASSE, *bas.*

Je crois que nous sommes en pays de connaissance.

CLAUDE GÉRARD.

Pardon à mon tour de l'émotion que ce nom me cause encore. Duriveau, fils d'une famille noble, avait tout ce qu'il faut pour éblouir une pauvre enfant sans défiance. Perrine était bien jeune, l'éducation d'une ouvrière était alors bien peu de chose... Quand je revins, Perrine, séduite, chassée par son père lorsqu'elle allait devenir mère, Perrine avait fui; pendant quelque temps on l'avait vue errer dans les villages environnants, son enfant dans les bras, puis elle disparut...

MARTIN.

O mon pauvre ami !

CLAUDE GÉRARD.

J'ai consacré deux années entières à chercher ses traces, et enfin, désespéré, je suis venu me fixer ici, il y a quinze ans; mais depuis quelque temps, des nouvelles semblent m'indiquer une autre voie où je la rencontrerai; voilà pourquoi je pars, mon enfant, car quelque chose me dit qu'elle a besoin de moi.

MARTIN.

Partez, mon ami, vous ne m'entendrez plus me plaindre.

CLAUDE GÉRARD.

Tu vois bien, c'est à ton tour de me donner du courage! Mais l'heure avance, il nous reste peu de temps...

MARTIN *.

Et je suis obligé de vous quitter quelques instants.

CLAUDE GÉRARD.

Qu'as-tu donc à faire?

MARTIN.

Ces deux cents francs qui vous ont été volés le jour de mon arrivée ici ne vous appartenaient pas; jamais vous n'auriez pu les rendre... Avant de quitter ce pays, en forçant un peu mon travail, j'ai amassé, et je vais porter...

CLAUDE GÉRARD, *l'embrassant.*

Ah! quelle chère et noble récompense tu me donnes.

MARTIN.

Bientôt je suis de retour.

CLAUDE GÉRARD.

Va, va, je t'aime plus encore. (*Martin sort par le fond.*) Noble nature, que le ciel paye en bonheur tes généreux efforts... Allons faire ses derniers apprêts... car il aura à peine le temps. (*Il rentre dans la maison.*)

## SCENE VIII.

LA LEVRASSE, LÉONIDAS**.

LÉONIDAS.

Tiens! tiens! papa Duriveau!...

LA LEVRASSE.

Léonidas, avance ici, et écoute un grand précepte.

LÉONIDAS.

J'écoute.

LA LEVRASSE.

Quand on donne de l'argent pour les fredaines des fils, il y a très-grand avantage à connaître celles des pères. (*Très-grand coup de pied.*)

LÉONIDAS.

Oh! il est trop fort!... il est trop fort! et pourquoi? je vous le demande, pourquoi?...

LA LEVRASSE.

Parce qu'on retient mieux les bonnes choses qui vous ont fortement frappé. (*Léonidas se frotte.*) Allons, à bas les mains, Léonidas, et un autre précepte...

* Martin, Claude Gérard.

** Léonidas, la Levrasse.

LÉONIDAS, *esquivant le coup.*

Non, celui-là je le sais. (*Il va à la porte verte.*) Il faut profiter du temps pendant qu'il est chaud *. (*Il ouvre la porte avec une fausse clef.*) Voilà.

LA LEVRASSE.

Très-bien, Léonidas, allons procéder à un état de lieux.

LÉONIDAS.

Passez le premier, mon maître. (*Ils entrent dans le jardin.*)

## SCÈNE IX.

### CLAUDE GÉRARD, GRÉGOIRE, *puis* BAMBOCHE.

GRÉGOIRE, *descendant la colline, à la cantonnade.*

Par ici, monsieur, par ici. (*Il va à la porte de Claude Gérard et appelle.*) Monsieur Claude Gérard !

CLAUDE GÉRARD, *sortant de la maison.*

Que veux-tu?

GRÉGOIRE.

Maître Claude Gérard, c'est un beau monsieur qui embrasse les servantes et qui tape sur les tables avec sa grosse canne; il veut vous parler.

CLAUDE GÉRARD, *regardant Bamboche qui entre.*

Je ne connais pas cet homme. (*A Grégoire.*) Laisse-nous.

GRÉGOIRE.

Oui, maître Claude. (*A Bamboche.*) Monsieur, voilà maître Claude...

BAMBOCHE, *lui donnant une pièce.*

Tiens, gamin.

GRÉGOIRE.

Cent sous!... c'est un mylord anglais!... Je vais tâcher de retrouver le nègre. (*Il sort.*)

BAMBOCHE**.

Mon brave homme, je veux voir Martin.

CLAUDE GÉRARD.

Martin n'est pas ici, monsieur.

BAMBOCHE.

Allons, pas de bêtises, mon vieux... J'ai pris mes informations dans le village; je sais qu'il y a huit ans, ici, près de cette fenêtre, vous avez pincé un gamin qui faisait le guet, pendant qu'un autre petit vaurien, son camarade, vous volait.

CLAUDE GÉRARD.

Après, monsieur?

* Léonidas, la Levrasse.
** Claude Gérard, Bamboche,

BAMBOCHE.

Vous avez gardé le gamin, puis vous l'avez nourri et vous l'avez éduqué, et je vous en remercie.

CLAUDE GÉRARD.

Et quel intérêt ?...

BAMBOCHE.

C'est mon frère...

CLAUDE GÉRARD.

Martin n'a pas de frère.

BAMBOCHE.

Un instant, mon vieux, je m'entends... Martin n'est mon frère ni de père ni de mère, mais il est mon frère de malheur et d'aventure ; nous avons ri, pleuré, souffert ensemble, et mille tonnerres ! cette fraternité-là en vaut bien une autre... Allons, vite, mon vieux, où est Martin ?

CLAUDE GÉRARD.

Je vous ai dit qu'il n'était pas ici.

BAMBOCHE.

Je l'attendrai.

CLAUDE GÉRARD.

C'est inutile... il ne vous recevra pas.

BAMBOCHE.

Et pourquoi cela, mentor ?

CLAUDE GÉRARD.

Parce que je le lui défendrai.

BAMBOCHE, *menaçant.*

Est-ce que vous vous moquez de moi ? Et pourquoi lui défendrez-vous de me recevoir ?

CLAUDE GÉRARD.

Parce que vous êtes Bamboche.

BAMBOCHE.

Il vous a parlé de moi... Brave Martin ! il ne m'a donc pas oublié...

CLAUDE GÉRARD.

Il a été aussi fidèle à son amitié qu'il l'a été à la promesse qu'il vous avait faite il y a huit ans d'aller vous rejoindre au rendez-vous que vous vous étiez donné.

BAMBOCHE.

Il est venu à la croix ! Cela ne m'étonne pas... il se serait fait tuer !...

CLAUDE GÉRARD.

Oui, la menace ne put rien sur lui, il ne céda qu'à mes prières.

BAMBOCHE.

Eh ! que diable pouviez-vous lui dire ?

CLAUDE GÉRARD.

Des paroles bien simples !... Si tu le veux, lui dis-je, tu resteras ici, mais, je t'en préviens, ta condition sera pauvre et rude, tu partageras avec moi de pénibles travaux ; en échange, je t'arracherai à une vie qui te mène au crime, je t'instruirai, je te mettrai à même de gagner honorablement ta vie... C'est le moment décisif, tu vas choisir entre le bien et le mal. Puisque tu le veux, va rejoindre tes camarades... s'ils éprouvent le désir de revenir à une vie meilleure, ils te suivront, ils auront un asile, du pain, de bons enseignements, et vous ne serez pas séparés... Il partit, mais le soir, il revint seul.

BAMBOCHE.

Nous avions peur, nous avons fui plus loin... Ah! s'il avait pu nous ramener!... pour rester avec lui nous serions devenus meilleurs.

CLAUDE GÉRARD.

Vous l'aimez donc bien?...

BAMBOCHE.

Si je l'aime ! Quand la Levrasse l'a recruté sur la grande route, il m'avait flanqué depuis huit jours dans la cave, avec une danse matin et soir parce que je ne voulais pas faire le saut du lapin... Vous ne connaissez pas le saut du lapin !... c'est diablement difficile, allez... Mon pauvre Martin m'entendait régulièrement crier... le voilà qui se prend de pitié et veut venir à moi... ah! bien oui... En ce cas, dit-il à la Levrasse, apprenez-le-moi votre saut du lapin, je le ferai et je verrai Bamboche... Le gueux accepte. Mon pauvre Martin, qui n'était pas encore assez désossé, tombe, se casse le bras, et ça pour me voir, pour me consoler... et vous me demandez si je l'aime?... Ces choses-là, voyez-vous, ne s'oublient jamais. Après avoir énormément tiré le diable par la queue et fait toute sorte de métiers disgracieux, depuis que je ne marche plus sur les mains, j'ai gagné au biribi trente-deux mille francs, hein ! quel coup de rateau ! enfoncés les croupiers ! Alors je me dis, ce n'est pas tout ça ! me voilà riche ! j'ai de quoi rire et faire la noce !... faut que Basquine et Martin en mangent... Il vous a aussi parlé de Basquine, pas vrai?... pauvre petite ! élevée par une bande de gueux, elle si loyale, si énergique, si bonne.

CLAUDE GÉRARD.

Cette pauvre enfant qu'est-elle devenue?

BAMBOCHE, *d'un air sombre.*

Que voulez-vous qu'elle soit devenue? Quand nous avons eu grandi en mendiant, en souffrant, j'ai commencé à travailler, elle aussi, nous vivions sous le même toit, mais chacun de son côté... je l'aimais, mais j'étais brutal, emporté. Un jour...j'avais bu, je rentrai violemment chez elle, et je lui dis : Ça m'ennuie d'être ton frère, rien que ton frère, je ne veux plus... Elle se jeta à mes pieds, fondit en larmes : Mon ami, mon frère, demain, accorde-moi jusqu'à demain... Je n'avais pas assez perdu la raison pour que sa voix ne me fît pas remuer le cœur... A demain, lui dis-je, et je m'endormis dans mon vin.

CLAUDE GÉRARD.

Et le lendemain?...

BAMBOCHE.

Le lendemain, parbleu, elle avait disparu. Ne parlons pas d'elle, je vous dis... Pour me consoler il faut que je voie mon pauvre Martin... que je lui offre ma bourse, s'il en a besoin, et surtout que je l'embrasse, oh! mais ferme et de tout cœur.

CLAUDE GÉRARD.

Impossible!

BAMBOCHE.

*Impossible!... et pourquoi?*

CLAUDE GÉRARD.

Si aucune bonne corde ne vibrait en vous, vous n'inspireriez à Martin que de l'éloignement, mais cette amitié sincère, l'entraînement de la jeunesse, l'appât des plaisirs faciles, tout cela peut avoir sur lui une influence funeste... C'est à votre cœur que je m'adresse et vous me comprendrez : j'ai élevé Martin comme mon fils, j'en ai fait un homme honnête, laborieux, intelligent; eh bien, dites, aurez-vous le courage de vouloir troubler cette vie modeste, où celui que vous aimez comme un frère doit trouver le repos et le bonheur?

BAMBOCHE.

Vous avez raison, brave homme! vous l'embrasserez pour moi, mais solidement. (*Avec attendrissement.*) Vous êtes bien heureux, vous! dites-lui que je l'aime ni plus ni moins que lui, moi et Basquine nous nous aimions il y a huit ans... dites lui que quand il voudra je suis à lui... tête et cœur, bourse et bras, enfin, à la vie, à la mort; que si ce gueux de la Levrasse n'a pas été grillé et que je le rencontre, je l'assommerai pour trois, ça le soulagera ce pauvre Martin.

CLAUDE GÉRARD.

Fasse le ciel que dans votre vie le bien l'emporte toujours sur le mal!

BAMBOCHE.

En attendant, je ne sais comment diable vous faites pour me rendre tout honteux, enfin vous savez que le gamin qui a fait le vol... c'est moi, quoi! Si vous vouliez le permettre... je vous ai dit, j'ai de l'argent et je rendrais...

CLAUDE GÉRARD.

Si Martin est absent en ce moment, c'est qu'il est allé rendre cet argent économisé sur deux ans de travail.

BAMBOCHE.

Pauvre frère! il a mis deux ans pour gagner... et moi ce que je vous offrais, je l'ai eu en un tour de cartes... Vous avez raison, tenez: il vaut mieux que ce soit l'argent du travail qui paye cette dette-là! je comprends que je ne dois pas me retrouver avec

Martin, mais je voudrais le voir, là seulement l'apercevoir, sans qu'il me voie, lui...

CLAUDE GÉRARD.

Allons, soit! il doit partir à neuf heures par le chemin de fer; il commence à faire nuit; trouvez-vous ici.

BAMBOCHE.

A neuf heures... un peu avant, n'est-ce pas?

CLAUDE GIRARD.

Vous entendrez la cloche d'appel du chemin de fer.

BAMBOCHE.

Adieu, brave homme, je ne vous offre pas la main... ça viendra peut-être plus tard, mais c'est égal, je ne vous en estime pas moins. (*Il s'éloigne en chantant.*)

Je vais revoir tout à l'heure
Martin, mon pauvre Martin.

CLAUDE GÉRARD, *seul.*

Malgré les bons instincts qu'on aperçoit encore en lui, j'ai bien fait d'exiger qu'il s'éloignât. Mais déjà le convoi approche, Martin ne revient pas. (*Il va prendre dans la maison un petit sac de nuit.*) Tout est prêt... mais je ne me trompe pas... j'entends sa voix.

MARTIN, *de loin.*

Claude Gérard! Claude Gérard!

CLAUDE GÉRARD.

Il accourt en désordre... qu'a-t-il?

## SCÈNE X.

### CLAUDE GÉRARD, MARTIN*.

MARTIN, *accourant.*

Venez, venez.

CLAUDE GÉRARD.

Qu'est-il arrivé?

MARTIN.

A mon retour j'ai voulu revoir encore une fois cette triste maison, je suis entré par le clos dans l'oratoire... un homme...

CLAUDE GÉRARD.

Un voleur?

MARTIN.

Il avait brisé l'urne, il prenait une cassette qu'elle contenait... un bâton était là... j'ai frappé sur sa tête... il est tombé; oh! venez, venez.

CLAUDE GÉRARD.

Ah! courons. (*Ils sortent par le fond à droite.*)

* Claude Gérard, Martin.

## SCÈNE XI.

LA LEVRASSE, LÉONIDAS *.

LÉONIDAS, *passant la tête à la petite porte.*

Il n'y a plus personne, venez, père la Levrasse, venez... (*Il l'aide à marcher, la Levrasse éternue.*) Avancez donc, ou nous sommes pincés... n'éternuez donc pas comme cela...

LA LEVRASSE, *se tenant la tête.*

Ah! c'est ce coup! quel coup! quel coup!

LÉONIDAS.

Ah! bah! vous m'en avez donné bien d'autres.

LA LEVRASSE.

Mais pas sur la tête, animal...

LÉONIDAS.

Chacun a sa sensibilité, père la Levrasse... mais comme ça vous a enrhumé. (*On entend une cloche.*) Bon! voilà le convoi. (*Il fait un pas et aperçoit Bamboche qui entre.*) Voilà du monde qui va partir. (*A la Levrasse qui éternue toujours.*) Mouchez vous donc une bonne fois, et que ça finisse... Vite! par ici.

## SCÈNE XII.

LES MÊMES (*cachés*), BAMBOCHE, MARTIN, GÉRARD **.

BAMBOCHE, *entrant par le clos.*

C'est le signal!

CLAUDE GÉRARD, *entrant avec Martin par le fond.*

Cette audacieuse tentative, au moment où nous allons tous deux quitter le pays...

MARTIN, *une cassette à la main.*

Que faire?

BAMBOCHE, *à part.*

Je le reconnais, c'est lui!... comme il est grandi! Pauvre Martin! il ne se doute pas...

CLAUDE GÉRARD, *qui a réfléchi.*

Il n'y a pas à hésiter... prends cette cassette dont on connaissait l'existence... tu vas à Paris, cherche, informe-toi, et rends-la à mademoiselle Régina.

MARTIN, *avec transport.*

Je pourrai la revoir. (*Deuxième coup de cloche.*)

CLAUDE GÉRARD, *lui tendant les bras.*

Allons, mon ami... adieu.

BAMBOCHE, *faisant un pas.*

Et moi? (*Il s'arrête.*) J'ai promis...

* Léonidas, la Levrasse,
** Claude Gérard, Martin, Bamboche *caché*.

MARTIN, *entraînant doucement Claude Gérard.*

Jusqu'au dernier moment avec moi... venez!

CLAUDE GÉRARD.

Tu as raison!... (*Ils gravissent la colline.*)

LÉONIDAS, *sortant de sa cachette.*

Ils sont partis! allons rejoindre la patache. (*Il tire avec lui la Levrasse, qui a un bonnet de soie noire, ils avancent sur le théâtre, et en éternuant la Levrasse heurte Bamboche, resté immobile et pensif.*)

BAMBOCHE, *revenant à lui et le saisissant.* *

Qui est là?

LÉONIDAS.

Bamboche!

LA LEVRASSE, *bas à Léonidas.*

Ne me nomme pas, il m'achèverait...

BAMBOCHE, *le saisissant.*

Léonidas Requin!... comment te trouves-tu ici?... tu viens de faire un mauvais coup?

LÉONIDAS.

Non, c'est le bourgeois qui en a reçu un. (*La Levrasse éternue. troisième coup de cloche.*)

---

## DEUXIÈME TABLEAU.

Le théâtre représente le devant de l'hôtel de la Croix blanche à Simancourt. Arbres à droite et à gauche; au fond, l'hôtel. Au premier étage, balcon praticable en avant d'une salle où, quand la fenêtre est ouverte, on aperçoit une table somptueuse garnie de joyeux convives. Sur l'enseigne, on lit: *Auberge de la Croix blanche. Deschamps, aubergiste.*

### SCÈNE I.

DESCHAMPS, *un postillon, puis* PERRINE.

CHOEUR, *dans la maison.*

Versez, amis, versez à boire!
Du vin savourons la douceur.
Buvons; après une victoire,
Quoi de plus doux pour le brave chasseur?

LE POSTILLON, *entrant par la droite.* **

Ah! ça commence à nous ennuyer, nous et les camarades, il faut tâcher que cela finisse. (*Allant à l'hôtel et frappant à la porte.*) Ohé! ohé! père Deschamps!

* Bamboche, la Levrasse, Léonidas.
** Deschamps, le Postillon.

DESCHAMPS.

Qu'est-ce que tu as donc, toi, à crier si fort?

LE POSTILLON.

Ça vous est bien commode, à vous qui dormez à votre aise.

DESCHAMPS.

Il est joli, lui ! à mon aise !... je suis là étendu sur un banc.

LE POSTILLON.

Pourquoi ne vous êtes-vous pas couché?

DESCHAMPS.

Ah! tu crois que cette compagnie de là-haut, c'est de la pratique ordinaire et qu'on peut laisser avec eux des garçons tout seuls! Ah! bien oui! d'abord c'est une consommation extraordinaire de vaisselle; il y en a un qui ne commence à s'amuser que quand il en a cassé pour six cents francs; un autre disait que le souper serait plus gai si on le finissait au jardin en brûlant la maison. Après ça, ils en disent... Il a fallu veiller à ce que ma femme n'approchât pas de là. Oh! bien, nos rouliers quand ils sont soûls, n'ont pas un catéchisme comme celui-là!

LE POSTILLON.

Tout cela est bel et bon et ça vous regarde; mais hier, quand après la chasse ils sont arrivés à la poste avec leurs cinq voitures, ils ont demandé les chevaux pour minuit précis, il y a donc huit heures que nous sommes en selle à les attendre, vont-ils bientôt finir?...

DESCHAMPS.

Ma foi! tu peux bien aller le demander toi-même; est-ce que je le sais? ils mangent, après ça ils boivent, puis ils jouent, et ensuite ils recommencent à manger, à boire et à jouer.

LE POSTILLON.

C'est égal, parce qu'on est riche et jeune on ne devrait pas donner au monde une peine inutile comme ça... je m'en vais dire à mes camarades de prendre patience et de dormir dans leurs bottes.

DESCHAMPS.

C'est ce que vous avez de mieux à faire. (*Il reconduit le Postillon jusqu'à l'entrée de la coulisse, pendant ce temps, on reprend le chœur dans l'intérieur; puis après, Perrine arrive et se dirige vers la maison, Deschamps revient à elle.*) Bon!.. c'est encore vous, la folle! Allons, voyons, n'allez pas par là, il n'y a rien à faire pour vous...

PERRINE.

Laissez-moi demander.

DESCHAMPS.

Je vous dis que non; je vous ai déjà défendu de venir à mon hôtel; contentez-vous de demander aux voyageurs qui relaient à

* Perrine, Deschamps.

la poste... D'ailleurs ceux qui sont là-dedans sont capables de profiter de ce que vous avez la tête faible pour vous faire du mal; allons, allez-vous-en...

PERRINE.

Mais vous ne savez donc pas qu'il est à Paris...

DESCHAMPS.

Qui ?

PERRINE.

Lui, mon fils...

DESCHAMPS.

Ah ! bon, bon ! nous savons ça...

PERRINE.

Chut ! n'en dites rien...

DESCHAMPS.

Non, c'est entendu.

PERRINE.

Quand aurai-je donc assez pour aller à Paris ?

DESCHAMPS.

Oui, oui, je connais votre conte, allez... allez... (*Perrine se dirige vers la droite au moment où la Levrasse et Léonidas entrent; elle veut leur demander la charité Deschamps la renvoie en lui disant* :) Laissez-nous donc...

PERRINE, *s'en allant**.

Mes bons messieurs, pour aller à Paris.

## SCENE II.

### LA LEVRASSE, LÉONIDAS, DESCHAMPS**.

DESCHAMPS, *saluant*.

Ne faites pas attention, messieurs, c'est une mendiante qui amasse sous prétexte qu'elle veut aller à Paris.

LÉONIDAS.

Eh bien ! qu'elle me donne son boursicot, et j'irai à Paris pour elle, mais nom d'un petit bonhomme, pas dans la voiture qui nous a amenés ici. Quelle patache ! monsieur, quelle patache !

DESCHAMPS.

Messieurs, qu'y a-t-il pour votre service. (*Remarquant les contorsions de la Levrasse.*) Mon Dieu ! monsieur se trouve mal ?

LÉONIDAS.

Vous prenez ça pour une convulsion nerveuse ; pas du tout, c'est une envie d'éternuer qui n'aboutit pas ; monsieur n'est enrhumé que d'hier, il ne sait pas encore... (*La Levrasse éternue.*) Là, le voilà maintenant comme un autre. (*Coup de pied.*) Ah ! ah ! la

* Léonidas, la Levrasse, Perrine, Deschamps.

** Deschamps, Léonidas, la Levrasse.

patache ! Dieu ! comme ça amortit les chairs; Bourgeois, je vous déclare que pour huit jours au moins je suis hors d'état de faire votre partie.

LA LEVRASSE, *avec dédain.*

Mollasse, va!... (*A Deschamps.*) Monsieur, voici ce dont il s'agit ; nous devions trouver chez vous à minuit hier un jeune seigneur... mais nous avons manqué les voitures... Ne vous a-t-il rien dit pour un de ses amis qu'il attendait ?

DESCHAMPS.

Mais, monsieur, les personnes qui sont venues hier soir chez moi après la chasse, y sont encore.

LA LEVRASSE.

Léonidas, le vicomte aura été inquiet de nous et nous aura attendus. (*A Deschamps.*) Le vicomte Scipion Duriveau...

DESCHAMPS.

Oui, oui, monsieur le vicomte est là, je vais le prévenir.

LÉONIDAS, *à la Levrasse.*

Qu'est-ce que vous allez lui dire ?

LA LEVRASSE.

Comment, ce que je vais lui dire... (*Prélude d'éternuement.*)

LÉONIDAS.

Bon ! C'est comme cela que vous commencez la conversation... Allons, courage! tapez-vous sur le ventre. (*La Levrasse éternue.*)

## SCENE III.

LA LEVRASSE, LÉONIDAS, SCIPION.

SCIPION, *entrant.*

Dieu te bénisse, vieux gredin!

LA LEVRASSE.

Oui, j'ai besoin qu'il me bénisse, car je souffre beaucoup.

SCIPION.

D'être obligé d'acheter de la pâte Regnault ? traite à forfait, et ne paye qu'après guérison... La cassette, où est-elle ?

LA LEVRASSE.

Voyez ma tête !

SCIPION.

C'est une très-vilaine tête avec une grosse bosse... La cassette?

LA LEVRASSE.

Voilà ce qu'elle me vaut, votre cassette.

SCIPION.

Je ne te demande pas ce qu'elle te vaut... je te dis de me la donner.

LA LEVRASSE.

Je l'avais, je la tenais... quand un bandit... Oh ! la police de province !

SCIPION.

On te l'a volée ?

LA LEVRASSE.

Il m'a donné... (*Convulsions préliminaires.*)

LÉONIDAS.

Un énorme coup de bâton sur la tête, sans doute juste au dessus du nez... c'est ce qui expliquerait... (*La Levrasse éternue devant lui, il se recule, à part.*) Une fois à Paris, je ne lui parle plus qu'avec un parapluie.

SCIPION.

Ainsi, tu ne me rapportes rien?

LA LEVRASSE.

Je voudrais bien n'avoir rien rapporté.

SCIPION.

Alors je n'ai qu'un conseil à te donner, tâche de faire assez de toutes mes lettres de change pour t'acheter un supplément de mouchoirs.

LA LEVRASSE.

Vous teniez donc bien à ces papiers?

SCIPION.

Est-ce que je ne te l'ai pas dit, imbécille ? Régina, obéissant à la dernière volonté de sa mère, refuse de m'épouser jusqu'à qu'elle ait pris connaissance de ces papiers, qu'elle ne doit lire qu'après avoir atteint sa vingtième année; de crainte que quelque révélation fâcheuse ne retardât encore, ou n'empêchât à tout jamais mon mariage, j'ai voulu anéantir cette cassette; tu as fait manquer le coup, tant pis pour toi !

DESCHAMPS, *rentrant par la droite.*

Monsieur le Vicomte, il y a là des voyageurs qui demandent des chevaux de poste.

SCIPION.

Ils sont tous pris.

DESCHAMPS.

C'est ce qu'on a dit à un monsieur respectable... mais il dit que puisqu'ils ne sont pas partis...

SCIPION.

Dites à ce monsieur respectable qu'il m'ennuie. (*Deschamps sort.*)

LA LEVRASSE.

Que vouliez-vous dire tout à l'heure, monsieur le Vicomte ?

SCIPION.

Je voulais dire, imbécille, que puisque tu ne me donnes pas les moyens de faire de l'argent, tu ne seras pas payé. (*Il fait un pas pour s'en aller.*)

LA LEVRASSE.

Monsieur le Vicomte, je m'attache à vos pas...

SCIPION.

Oui, viens avec moi, il y a là-haut de mes amis qui doivent te connaître; nous te ferons sauter par la fenêtre, et pendant que tu seras en l'air, il y aura vingt paris pour savoir si tu tomberas pile ou face.

LÉONIDAS.

Tombez pile, bourgeois, un contre-coup peut vous sauver.

LA LEVRASSE.

On ne ruine pas un homme ainsi; je me plaindrai à monsieur le Comte.

SCIPION.

Tu me préviendras du jour, pour que j'assiste à la scène... Sais-tu ce que tu as à faire? entre là-dedans, on te donnera de nos restes, et tu iras à Paris faire des fonds, j'en aurai besoin bientôt.

LA LEVRASSE.

Mais... (*Plusieurs chasseurs sont descendus et entrent en scène.*)

UN CHASSEUR*.

Vicomte, est-ce que tu ne viens pas? on t'attend, c'est à toi à tenir la banque.

SCIPION.

Je suis à vous, mes amis.

LE CHASSEUR.

Avec qui donc causes-tu là... avec ton gouverneur?

SCIPION.

Avec mon précepteur, mon factotum, mon banquier, mon trésorier, un petit cœur d'or sous une affreuse enveloppe; je vous le recommande.

LE CHASSEUR.

Nous nous chargeons de lui; mais viens, on remplit les verres pour boire à ta belle échappée.

SCIPION.

Ne riez pas... je jure par la tête de mon archi-trésorier que je la rattraperai avant que son rhume ne soit passé.

DESCHAMPS, *rentrant et arrêtant Scipion qui va rentrer.*

Monsieur le Vicomte, cet homme respectable...

SCIPION.

Que veux-tu encore?

## SCÈNE IV.

### SCIPION, DURIVEAU.

SCIPION.

Tiens! c'est mon père.

LA LEVRASSE.

Son père! Ah! parbleu! j'aurai mon tour. (*Il se débat.*) Monsieur le Comte!...

* Léonidas, la Levrasse, Scipion, un Chasseur.

SCIPION.

Veux-tu te taire! (*A ses amis.*) Emmenez-moi mon ministre des finances à la cuisine... (*A Léonidas*). Un louis, et retiens ton patron.

LES CHASSEURS, *à la Levrasse.*

Venez, monseigneur, venez, excellence.

LÉONIDAS, *poussant son patron.*

Venez, manger porte conseil. (*Tandis que la Levrasse rentre, entraîné par les Chasseurs, la fenêtre du balcon s'ouvre, d'autres, le verre à la main, s'avancent et crient :* Scipion, à ta fugitive! à tes amours repoussés! à ta rebelle! à Basquine!)

SCIPION.

Buvez à son retour prochain!

DURIVEAU *entrant* *.

Comment, tu es un de ces extravagants qui arrêtent tout un service sur une route?

SCIPION.

Ma foi! nous n'y avions pas pensé, mais le tour est bon.

DURIVEAU.

J'espère, du moins, qu'il ne s'étendra pas jusqu'à ton père.

SCIPION.

Je n'en sais rien... Mais où vas-tu donc?

DURIVEAU.

Je ramène Régina de Vieilleville au château; elle était fatiguée; nous avons passé la nuit à trois lieues d'ici, et j'ai hâte d'arriver, fais-moi donner des chevaux...

SCIPION.

Je ne peux pas...

DURIVEAU.

Comment?...

SCIPION.

Nous avons juré de nous en aller tous ensemble, un cortége au grand galop.

DURIVEAU.

Cessons cette plaisanterie.

SCIPION.

Prends ton grand air! sais-tu ce qui en arrive?

DURIVEAU.

Quoi?

SCIPION.

Il y a là un homme qui t'appelait un monsieur respectable.

DURIVEAU.

Assez, monsieur.

SCIPION.

Allons donc, tu as tort...

* Scipion, Duriveau.

DURIVEAU.

Oui, monsieur, j'ai eu tort, votre ton et votre manière d'agir avec moi me le prouvent assez; j'ai eu tort d'encourager une familiarité qui ne s'arrête pas même à l'impertinence; j'ai eu tort de souffrir vos dépenses et vos désordres; par faiblesse, j'ai négligé mes droits et mes devoirs de père. Mais il est temps encore, peut-être, de vous arracher à ces sociétés où le luxe ne cache plus le vice, à ces enfants perdus de la débauche et du scandale, qui le jour où l'indignation publique éclate, perdent jusqu'au prestige du nom d'emprunt et de la fausse noblesse sous laquelle ils croyaient abriter leur bassesse et leurs désordres... Prenez garde, Scipion, si vous me brisez le cœur, la raison seule parlera.

SCIPION.

Ce serait dommage, car je t'écoute, je te regarde froncer le sourcil, et je vois que ça te vieillit de dix ans...

DURIVEAU.

Mais, malheureux enfant, de quel front oserai-je te présenter pour époux à Régina?

SCIPION.

Bah! est-ce qu'elle doit savoir toutes ces petites choses-là!

DURIVEAU.

De quel front demanderai-je aux électeurs leurs suffrages, si mon nom compromis par toi...

SCIPION.

Tu ne te présentes à la députation que dans deux mois; d'ici là, j'ai le temps de me réformer dix fois.

## SCÈNE V.

LES MÊMES, DESCHAMPS, RÉGINA, Mlle HONORÉ *.

DESCHAMPS, *précédant Régina.*

Entrez par ici, mademoiselle, ne restez pas sur la route, au milieu de tout ce monde qui entoure votre voiture.

RÉGINA, *allant à Duriveau.*

Allons-nous partir, mon tuteur?

SCIPION.

Ma jolie cousine, mon adorable fiancée, je suis bien désolé d'avoir juré à mes amis, après boire, de partir tous ensemble... ces serments-là, c'est comme les dettes de jeu, c'est sacré.

DURIVEAU, *bas à Scipion.*

Quoi, devant elle au moins, ne peux-tu te contenir?

SCIPION.

Il y aurait bien un moyen.

* Scipion, Duriveau, Deschamps, Régina, Mlle Honoré.

DURIVEAU.

Lequel?

SCIPION.

Que ma délicieuse promise se présente à la joyeuse assemblée l'œil baissé, la voix suppliante, et elle obtiendra...

RÉGINA, *avec dignité.*

Monsieur!

DURIVEAU, *bas.*

Insensé!

RÉGINA.

Monsieur le Vicomte, vous oubliez et qui je suis et d'où je viens.

SCIPION, *à part.*

Voilà une prude ennuyeuse.

RÉGINA.

Venez, monsieur le Comte, nous attendrons à la poste!

DURIVEAU, *bas.*

Quoi! tu vas la laisser?...

SCIPION.

Ne nous fâchons pas, il y a possibilité de tout concilier... Allons, père, reprends ta splendeur, monte avec moi au milieu de nos joyeux amis, les fils de tes compagnons d'armes... Viens... trois verres de bischoff, tu le trouveras excellent, une petite harangue qui nous fera rire, et on accordera peut-être à ton éloquence l'infraction à nos serments que tu sollicites.

DURIVEAU, *bas.*

Oses-tu bien...

SCIPION.

Il n'y a pas autre chose à faire; monte, ou tu compromets ma réputation de chevalier empressé... Tiens, regarde, ma cousine n'a pas déjà trop l'air d'y croire. (*A Régina.*) Soyez tranquille, je remplirai son verre pour chauffer son discours, et je crierai bravo! pour qu'on ne l'entende pas.

DURIVEAU, *se contraignant, à Régina.*

Allons, mon enfant, il faut avoir quelque indulgence pour ces folies, suites ordinaires de ces grandes chasses, où de jeunes extravagants s'enivrent de mouvement et de fatigue; je vous laisse un instant et nous repartons. (*A Scipion, sévèrement.*) Vous me pousserez à bout!

SCIPION, *criant :*

Ouvrez à deux battants! Socrate va sacrifier aux grâces! (*Il entraîne son père.*)

## SCÈNE VI.

### RÉGINA, Mlle HONORÉ, *puis* PERRINE*.

RÉGINA.

Pourquoi donc chaque jour de nouvelles circonstances viennent-elles ajouter à la répulsion que j'éprouve?... Hier, là-bas, tant de dévouement ingénieux, tant de tristesse!... ici, un entrain grossier, l'oubli de toutes les convenances.

PERRINE, *qui est entrée et s'est approchée d'elle***.

Mademoiselle, donnez-moi quelque chose pour aller à Paris...

RÉGINA, *prenant sa bourse.*

Pour aller à Paris, ma bonne femme, et qu'y voulez-vous faire?

PERRINE.

Je veux aller le chercher, le trouver, l'embrasser...

RÉGINA.

Qui donc?

PERRINE.

Lui! mon fils.

RÉGINA.

Il vous a donc quittée?

PERRINE.

C'est moi qui l'ai perdu... Ah! ce n'est pas ma faute, j'étais malade, alors.

RÉGINA.

Il y a longtemps?...

PERRINE.

Oh! oui! bien longtemps, il était tout petit, mais maintenant il est grand, il doit être beau.

RÉGINA.

Et qui vous a dit qu'il était à Paris?

PERRINE, *cherchant.*

Qui? qui? Ah! mes rêves...

RÉGINA, *étonnée.*

Voulez-vous me dire son nom, le vôtre?...

PERRINE, *avec effroi et confusion.*

Mon nom! oh! je ne le dis pas... on me chasserait encore...

DESCHAMPS, *qui traverse le théâtre.*

Vous voilà encore ici, la folle?... Je vous avais cependant dit de ne pas entrer.

RÉGINA.

Ah! pardonnez-lui, monsieur, je cause avec elle.

DESCHAMPS.

Ne vous y laissez pas prendre, mademoiselle; depuis deux

* Régina, Mlle Honoré.

** Perrine, Régina, Mlle Honoré.

mois qu'elle est dans le pays, elle demande toujours pour aller à Paris, et met de côté ce que les voyageurs lui donnent. Hier encore, je lui ai vu dans les mains une pièce de cinq francs et une bourse. (*Il sort.*)

PERRINE.

Ce n'est pas encore assez pour aller à Paris.

RÉGINA.

Vous seriez donc bien heureuse si je vous y faisais aller?

PERRINE.

Je crois bien, je prierais pour vous tous les jours, tous les jours, et lui aussi... il aimerait tant sa pauvre mère...

RÉGINA.

Tenez, voilà une pièce d'or, quarante francs.

PERRINE.

De l'or ! de l'or à moi ! quarante francs ! quarante francs !...

RÉGINA.

Vous comprenez bien !...

PERRINE.

Si je comprends... écoutez dans le lointain...

RÉGINA.

Un bruit de grelots.

PERRINE.

C'est la diligence de Paris ! Ah ! mon Dieu ! partir ! j'ai de l'argent... Je vais à Paris ! arrêtez ! arrêtez !... (*Elle sort en courant*).

RÉGINA.

Pauvre femme ! que de cœur, malgré cette raison égarée... (*Bruit d'applaudissements et de rires dans le salon du premier. La fenêtre s'ouvre avec fracas.*)

## SCÈNE VII.

LES MÊMES, SCIPION, DURIVEAU, JEUNES GENS DANS LE SALON.

SCIPION, *s'avançant sur le balcon.*

Bravo ! victoire ! (*Criant à la cantonnade à droite.*) Attelez tous les chevaux à la calèche de monsieur le comte Duriveau. Dix-huit, un vrai triomphe !... hourra !...

RÉGINA, *se réfugiant vers Duriveau qui est descendu*.*

Mon Dieu, j'ai peur.

DURIVEAU.

Ne craignez rien, mon enfant...

PERRINE. *rentrant avec une sorte de délire de joie.*

J'ai une place !... je pars ! votre main ! votre main !... (*Elle va baiser la main de Régina lorsqu'elle aperçoit Duriveau et s'ar-*

* Régina, Duriveau.

** Perrine, Régina, Duriveau.

*rête stupéfaite. Ses traits peignent l'indécision, elle ne fait entendre que des sons inarticulés.)*

DURIVEAU, *frappé.*

Quelle est donc cette femme ?

RÉGINA.

Un pauvre folle à qui j'ai donné de l'argent pour aller à Paris.

DURIVEAU.

C'est étrange... Sa voix m'a fait mal.

LE CONDUCTEUR, *entrant.*

Allons, bonne femme ! allons, nous partons.

PERRINE, *entraînée, l'œil toujours fixé sur le Comte.*

Partir ! oui ! partir !...

SCIPION, *avec ses amis au balcon pendant que dans la coulisse les postillons font claquer leur fouet.*

Bravo !... et vous, piqueurs, la fanfare du départ... Hourra pour le comte Duriveau !... Hourra !... pour ma belle future !... (*La Levrasse est retenu par quelques chasseurs qui l'ont grisé, Soutenu par Léonidas, il essaie d'appeler le Comte, qui s'éloigne avec Régina.*)

---

# ACTE II.

---

## TROISIÈME TABLEAU.

Le théâtre représente la boutique d'un marchand de joujoux, devanture vitrée au fond, donnant sur la rue ; comptoir à droite ; au bout du comptoir, vers l'avant-scène, porte donnant sur l'allée. — A côté de la porte, une planche garnie de clous numérotés, auxquels sont suspendus des clefs. A droite, bureau de la Levrasse ; au-dessus, une porte donnant dans l'arrière-boutique.

### SCÈNE I.

LÉONIDAS, *seul, puis un domestique en livrée ; il est assis au comptoir et travaille à un chien en carton.*

LÉONIDAS.

Quel travailleur je fais ! voilà le douzième chien que je mets au monde depuis que j'ai fini celui dont j'avais interrompu la fabrication pour aller me changer en nègre... (*On entend éternuer.*) Bon ! voilà encore le bourgeois qui éternue dans l'arrière-boutique... c'est drôle, je n'aurais jamais cru qu'un coup de bâton sur la tête pût vous enrhumer si longtemps du cerveau ! (*A *un domestique qui entre.*) Donnez-vous la peine d'entrer, monsieur; qu'y a-t-il pour votre service *?

LE DOMESTIQUE.

Monsieur, n'est-ce pas dans l'hôtel garni attenant à ce *magasin* que loge une jeune fille ?...

LÉONIDAS.

C'est suivant, monsieur...

LE DOMESTIQUE.

Une jeune fille qui ne paraît pas heureuse ; elle conduit tous les matins à l'église une femme déjà âgée et qui ne semble pas avoir la tête à elle...

LÉONIDAS.

Ah! très-bien ! Oui, monsieur, elle loge ici...

LE DOMESTIQUE.

Ma maîtresse désirerait lui parler, quand pourrait-elle la rencontrer...?

LÉONIDAS.

Elle va rentrer bientôt; dans une heure ou deux on serait sûr de la trouver, à moins qu'elle ne fût déjà ressortie.

LE DOMESTIQUE.

Monsieur, je vous remercie... (*Le Domestique sort*).

LÉONIDAS.

Monsieur, c'est moi qui... Il est très-honnête, ce monsieur... qu'est-ce que sa maîtresse peut vouloir... Ah! bien! qu'est-ce que ça me fait? retravaillons... (*Parlant à son chien.*) Allons, Cyprien... celui-là je l'ai appelé Cyprien, regardez ce maître, Cyprien! a-t-il l'air coquin!... et la queue!... C'est parlant... Voyons un peu la voix... disons quelque chose à ce maître, Cyprien. (*Il le fait japper.*) C'est ça... et ce n'est pas ça... il manque quelque chose... voyons encore... (*Il le fait japper de nouveau*) C'est mieux, mais c'est encor faible... on dirait Cyprien que vous éprouvez des peines de cœur après avoir avalé une boulette... (*Il le fait japper de nouveau.*) Décidément c'est maigre... il faut travailler encore...

## SCENE XI.

### LA LEVRASSE, LEONIDAS**.

LA LEVRASSE, *d'un air sombre.*

Je commence à être très inquiet de mes fonds... (*Il éternue.*)

LÉONIDAS.

Bourgeois, je dois vous le dire, ça vous mine d'éternuer comme ça, ça vous mine; vous avez déjà usé trente-sept kilogrammes de réglisse, prenez des bains de pieds à la moutarde.

* Léonidas, le Domestique.
** Léonidas, la Levrasse.

LA LEVRASSE.

Tu sais bien que j'en ai pris.

LÉONIDAS.

Alors quelque chose de plus fort.

LA LEVRASSE.

Quoi ?

LÉONIDAS.

Des bains de siége.

LA LEVRASSE, *menaçant.*

Léonidas !

LÉONIDAS.

Des bains de siége très-froids.. ça ferait dériver.

LA LEVRASSE.

Léonidas ! (*Voulant lui donner un coup de pied.*) Que tu es heureux d'être assis !... Je ne peux pas souffrir qu'on me parle de ce malheur qui me rend mélancolique ; puis cette lettre du vicomte Scipion, n'a pas de quoi me rendre bien gai ! (*Il lit.*) » Vieux juif, tu viens de faire une énorme bêtise en faisant pré- » senter mes lettres de change à mon père, il ne te paiera pas et » ira te voir aujourd'hui ; comme tous les pères, il est très-peu » tendre à l'endroit des usuriers ; tire toi de là, je te préviens » aussi que tantôt j'irai te demander de l'argent.... (*Léonidas fait japper le chien.*) Qu'est-ce que tu fais donc là ?...

LÉONIDAS.

J'étudie... Ce n'est pas encore là une voix humaine, n'est-ce pas, patron ?... ça manque de creux...

LA LEVRASSE.

Voyons, laisse cela et va à mon bureau me faire des valeurs.

LÉONIDAS.

On y va, bourgeois...

LA LEVRASSE, *avec un soupir.*

Ah ! mon ami Requin, pourquoi avons-nous manqué cette cassette ?... Ah ! malheureux vicomte ! malheureux vicomte !

LÉONIDAS, *qui a réfléchi.*

Qu'est-ce que je pourrais donc lui mettre dans le ventre ?...

LA LEVRASSE, *stupéfait.*

Au vicomte ?...

LÉONIDAS.

Non, à Cyprien ?...

LA LEVRASSE.

Qui, Cyprien ?...

LÉONIDAS.

Cyprien, mon chien, qui n'a pas de creux.

LA LEVRASSE.

Ah ça, veux tu m'écouter ?...

LÉONIDAS.

C'est dit... c'est dit... me voilà à vos valeurs... Combien faut-il en faire? (*Il va au bureau.*)

LA LEVRASSE.

Pour cent vingt mille francs, par petits coupons de quinze mille francs.

LÉONIDAS.

Ah! de tout petits coupons... C'est égal, je suis généreux, bourgeois, vous me donnez six cents francs de gages, et voilà pour plus de huit cent mille francs de signatures que je vous donne...

LA LEVRASSE.

Est-ce que je ne te blanchis pas, animal?

LÉONIDAS.

C'est vrai; mais huit cent mille francs de blanchissage, c'est large!... D'où faut-il dater les traites?

LA LEVRASSE.

De Smolensk.

LÉONIDAS.

Et comment faut-il signer?

LA LEVRASSE.

Signe Ladislas Requinewski.

LÉONIDAS.

Requinewski! c'est assez polonais... Enlevez les quinze cents francs!... A un autre!

LA LEVRASSE.

Décidément, dans des circonstances aussi difficiles il me faudrait le secours d'un homme intelligent et adroit, quelque chose de plus fort que Léonidas. (*Il éternue.*)

LÉONIDAS.

Bourgeois, dans vos bains de pied vous n'avez pas essayé du vitriol avec quelques gouttes d'eau de fleur d'orange?

LA LEVRASSE.

Léonidas!... Ah! ça, tu dis donc que mon ex-élève, Martin, est à Paris, et que depuis notre absence cet honnête jeune homme s'est logé dans mon garni de la barrière Vaugirard?

LÉONIDAS.

Oui, bourgeois, il occupe un cabinet au quatrième, où il fait des écritures tant que la journée dure.

LA LEVRASSE.

Ceci me prouve que sa bourse est aussi peu garnie...

LÉONIDAS.

Que l'appartement qu'il habite.

LA LEVRASSE.

Et tu lui as dit?...

LÉONIDAS.

Que mon bourgeois, le respectable M. de la Fressure, commerçant philanthrope du premier n·méro, lui procurera de l'occupation.

LA LEVRASSE.

Et il va venir?

LÉONIDAS.

Aujourd'hui même.

LA LEVRASSE.

Et tu crois qu'il ne me reconnaîtra pas?

LÉONIDAS.

Impossible, bourgeois; d'abord il vous croit rôti... après cela, vous êtes devenu méconnaissable : vous aviez une bedaine monstre, et vous êtes tout nerf; vous aviez les yeux rouges, et vous portez des lunettes vertes, vous étiez blond, et vous êtes brun; enfin, si vous ne me donniez jamais de coups de pied, personne ne vous reconnaîtrait.

LA LEVRASSE.

C'est bien, achève tes valeurs.

LÉONIDAS.

A propos, autre nouvelle; bourgeois, devinez qui est là-haut, au quatrième.

LA LEVRASSE.

Tu sais bien que depuis mon accident...

LÉONIDAS.

Ah! oui, vous ne devinez plus... Eh bien, c'est Basquine....

LA LEVRASSE.

Basquine!

LÉONIDAS.

Oui, Basquine, qui est venue se cacher ici.

LA LEVRASSE.

En quel état?

LÉONIDAS.

Débinée, bourgeois, débinée!... Chut! je l'entends qui rentre par l'allée... Venez endosser les billets, j'ai un mot à lui dire pendant qu'elle va prendre sa clef. (*La Levrasse va au bureau; Léonidas vers la porte de l'allée, par laquelle entre Basquine.*)

## SCÈNE III.

LES MÊMES, BASQUINE.

BASQUINE, *à la cantonnade.*

Attendez un moment, bonne femme.

LÉONIDAS.

Basquine... une lettre...

BASQUINE.

Du vicomte?...

LÉONIDAS.

Toujours...

BASQUINE.

Au rebut. (*Elle la jette.*)

LÉONIDAS.

C'est bien fier!... Mais savez-vous que l'habitude est de payer d'avance la semaine de sa chambre?

BASQUINE.

J'ai vendu un châle, je descendrai de l'argent tout à l'heure. (*Elle sort après avoir pris sa clef.*)

LÉONIDAS.

Mais écoutez donc... Ah! ouiche!

LA LEVRASSE.

Eh bien! que lui as-tu dit?

LÉONIDAS.

Vous ne savez pas que depuis six mois le Vicomte est à sa poursuite; elle s'était enfuie, il l'a retrouvée ici, et m'avait chargé d'une lettre pour elle...

LA LEVRASSE.

En ce cas, c'est une fille à ménager, elle peut au besoin nous être utile...

LÉONIDAS, *qui s'est approché des vitres.*

J'aperçois là-bas un chien rouge autour d'une borne, je ne lui vois pas de maître... c'est un vagabond... je vais voir s'il a une belle voix... (*Il sort.*)

LA LEVRASSE.

Léonidas! Léonidas!... Bon! voilà l'homme poisson parti!... Anguille, va!... J'en reviens là... je suis très-inquiet de mes fonds!... faire mettre le vicomte en prison... c'est grave, et je n'oserais pas... Encore si j'avais un vigoureux gaillard à qui je serais censé avoir cédé ma créance et qui prendrait la responsabilité pour moi... Et ce n'est pas assez du fils, voilà le père qui veut nous faire peur... Prenez garde, M. le Comte, nous n'avons pas oublié ce que nous avons entendu dire à Claude Gérard, et nous nous en servirons... Martin pour cela me viendra parfaitement en aide, et au moyen de ce petit secret scandaleux, au lieu de nous faire peur, vous pourriez bien nous laisser quelque plume de vos ailes... on fait chanter de plus gros oiseaux que vous, M. le Comte... Voyez si ce drôle de Léonidas reviendra.

## SCÈNE IV.

LA LEVRASSE, LÉONIDAS, BAMBOCHE.

LÉONIDAS. *Il ouvre brusquement la porte, une jambe s'allonge derrière lui, il porte ses deux mains à la partie frappée en criant :)*

Sapristie!

UNE VOIX EN DEHORS.

Je t'apprendrai, polisson !...

LA LEVRASSE.

Qu'y a-t-il donc ?

BAMBOCHE, *entrant, à Léonidas.*

Comment, animal, tu viens tirer la queue à mon chien qui ne te dit rien ?

LÉONIDAS.

Je voulais voir...

BAMBOCHE.

Qu'est-ce que tu voulais voir par là ! Attends donc, je ne t'avais pas encore regardé en face.

LÉONIDAS, *se frottant.*

Je crois bien.

BAMBOCHE.

C'est Léonidas.

LÉONIDAS.

Tiens ! Bamboche ! Quelle jambe et quel pied !

LA LEVRASSE, *à part.*

Bamboche ! s'il allait me reconnaître ! (*Il éternue.*)

BAMBOCHE.

C'est ton bourgeois ! je reconnais son éternument d'il y a six mois quand vous êtes partis si vite de Vieilleville. (*A la Levrasse.*) Dites donc, bourgeois, c'est un rhume tenace ; avant de vous coucher, buvez-moi le soir cinq ou six verres de grog bien bouillant, couvrez-vous la tête avec un bonnet de garde national et dormez douze heures ; vous verrez.

LA LEVRASSE, *à part.*

Il me semble qu'il ne me remet pas.

BAMBOCHE.

Ce pauvre Léonidas ! tu as donc pu t'échapper quand j'ai fait rôtir dans sa voiture ce vieux gueux de la Levrasse ?

LA LEVRASSE, *à part.*

Je suis sur le gril.

LÉONIDAS.

Oui, j'ai échappé au court bouillon.

BAMBOCHE.

Ah ! le vieux coriace, a-t-il dû être dur à cuire. (*A la Levrasse.*) Vous permettez ces détails, monsieur ?...

LA LEVRASSE.

De la Fressure.

BAMBOCHE.

Monsieur de la Fressure... c'est un ancien camarade.

LA LEVRASSE, *à part.*

Décidément il ne me remet pas. (*Haut.*) Sans doute, sans doute, il m'a souvent parlé de vous. (*Il éternue.*)

BAMBOCHE.

Un autre remède, bourgeois ; si vous mettiez un chausson de lisière dans le creux de l'estomac.

LÉONIDAS.

Ah! oui, fameux, au-dessus de la bedaine... Voulez-vous que je vous le pose ? (*Il fait une gambade, la Levrasse lui donne un coup de pied.*)

BAMBOCHE.

Un coup de pied de cette façon ! (*Saisissant la Levrasse.*) Minute, tournez-moi donc cette boule. (*Il lui ôte ses lunettes et sa perruque.*) A bas les vitraux et le gazon ; c'est ce gredin de la Levrasse !

LA LEVRASSE.

Ah ! grand brigand !...

BAMBOCHE.

Tu n'es pas mort, c'est donc à recommencer !

LA LEVRASSE.

Bamboche, pas de bêtises !

BAMBOCHE.

Allons, tu le veux, ajourné ! Te voilà donc établi ?...

LA LEVRASSE.

Oui, tu vois, mon fils, et toi ?...

BAMBOCHE.

Moi, j'ai fait un peu de tout, honnêtement, quand j'ai pu ; moins bien quand je n'ai pas pu faire autrement. Quelquefois j'ai eu de l'aisance, quelquefois rien, par exemple dans ce moment-ci...

LA LEVRRSSE.

Ah ! dans ce moment !

BAMBOCHE, *frappant sur sa poche.*

Le quibus est ailleurs.

LA LEVRASSE.

Que vas-tu faire ?

BAMBOCHE.

Ce que je trouverai, et je lisais l'affiche d'annonces quand Léonidas est venu... Je suis dans un de ces jours où l'on serait tenté de se donner au diable.

LA LEVRASSE.

Je pourrais peut-être t'y aider.

BAMBOCHE.

Comment ça ?

LA LEVRASSE.

A part mon commerce de jouets, je fais quelques petites opérations financières ; histoire de placer mes économies amassées à la sueur de mon front, et comme j'adore la jeunesse, je me plais, je me délecte à lui prêter de l'argent à cette belle et folle jeunesse.

BAMBOCHE.

Bien, bien, je comprends, tu es usurier.

LA LEVRASSE.

Oui, l'on m'appelle ainsi quand j'ai prêté, mais quand on me demande à emprunter, je suis un honorable capitaliste; mais peu importe!... J'ai parmi mes clients un jeune homme de la plus haute volée, le vicomte Scipion Duriveau, qui me doit à l'heure qu'il est cent soixante mille francs.

BAMBOCHE.

Que tu as économisés sur les polichinelles, les bilboquets et les chiens de carton.

LA LEVRASSE.

Cela va sans dire. Demain, si je veux, j'obtiens une prise de corps contre le Vicomte.

BAMBOCHE.

Eh bien, après ?

LA LEVRASSE.

C'est un moyen violent auquel pour certaines raisons je ne veux pas encore avoir recours... mais à défaut de l'intimidation légale, on peut tirer parti de l'intimidation morale.

BAMBOCHE.

Ah! bien!... on le menace de coups de canne.

LA LEVRASSE.

Allons donc... c'est de la brutalité, pas du tout: tu vas à lui, tu gardes ta canne... ça n'est pas défendu, tu tâches qu'il voie tes muscles et tes nerfs, ça ne peut pas nuire, et tu lui dis: Jeune homme, ce n'est plus le vénérable père de la Fressure, une véritable bête du bon Dieu, qui est à cette heure votre créancier... c'est moi, et vous voyez que je ne suis pas taillé dans le genre de ceux que l'on fait aller; je voudrais être payé.

BAMBOCHE.

Il répond : pas de braise!

LA LEVRASSE.

Et tu répliques: Mais, monsieur le Vicomte, si je vous suivais partout, si je disais tout haut, en tout lieu... comprends-tu?

BAMBOCHE.

Très-bien! j'y suis.

LA LEVRASSE.

Alors cela, te va-t-il?

BAMBOCHE, *réfléchissant.*

Le Vicomte doit à un usurier, je force le Vicomte à payer... il y a des métiers plus propres... ça n'est pas très-délicat, mais ça se mange quand on a faim, et j'ai faim. Combien me donneras-tu?

LA LEVRASSE.

Vingt francs... allons, quarante francs... voyons, laisse donc cette canne en repos... cinquante francs.

BAMBOCHE.

Tu me donneras cinq pour cent de ce que te paiera le Vicomte, et cinq napoléons comptant, sinon, non.

LA LEVRASSE.

C'est énorme! c'est désastreux! je ne peux pas. (*Il éternue.*)

BAMBOCHE.

Tu devrais changer d'air pour te guérir et essayer un peu du climat de Chandernagor.

LÉONIDAS.

Bourgeois, je viens de voir le Vicomte s'arrêter là-bas, devant la boutique d'une modiste; il regarde par un entre-deux de rideaux.

LA LEVRASSE.

Eh bien, Bamboche, va pour les cinq pour cent et les cinq napoléons... Tiens... (*Il les lui compte.*) Je vais te remettre un mot pour le vicomte, je le préviens que je t'ai cédé ma créance. (*Il va écrire.*)

BAMBOCHE.

C'est dit, je me charge du Vicomte, et nous allons lui montrer nos crocs.

LÉONIDAS, *à part.*

Un dogue en face d'un rageur! Je m'en vais approcher ma chaise.

LA LEVRASSE.

Prends le papier... le voilà qui entre... (*A Léonidas.*) Je n'y suis pas, entends-tu. (*Il sort.*)

## SCÈNE V.

BAMBOCHE, SCIPION, LÉONIDAS.

BAMBOCHE, *regardant le Vicomte qui entre.*

Pas plus gros que ça! nous allons rire.

SCIPION, *à Léonidas.*

Où est ton maître, imbécille?

LÉONIDAS.

Il est allé au bureau des nourrices pour faire un choix, monsieur le Vicomte.

BAMBOCHE, *s'approchant.*

M. le vicomte!... Est-ce que ce serait à M. le vicomte Scipion Duriveau que j'aurais l'honneur de parler?

SCIPION, *à Léonidas, montrant Bamboche.*

Qu'est-ce que c'est que ça?

LÉONIDAS.

Un très-fort fabricant de cure-dents.

BAMBOCHE.

Monsieur le Vicomte?

SCIPION, *à Léonidas.*

Et la petite, lui as-tu parlé ?

LÉONIDAS.

Oui, elle va même descendre tout à l'heure.

BAMBOCHE, *plus haut.*

Monsieur le Vicomte ?

SCIPION, *avec hauteur.*

Que me veut-on ?

BAMBOCHE.

Vous remettre ce mot de M. de la Fressure, monsieur le Vicomte.

SCIPION, *après avoir lu.*

Ah ! ah ! ce vieux coquin vous a cédé sa créance.

BAMBOCHE.

En d'autres termes, monsieur le vicomte, j'ai le triste avantage de vous avoir pour débiteur.

SCIPION.

Après ?

BAMBOCHE.

Monsieur le vicomte, regardez-moi bien.

SCIPION.

Vous avez l'air d'un vrai chenapan, ensuite ?

LÉONIDAS, *à part.*

Ça commence... je vais laisser là mon chien.

BAMBOCHE, *se contenant.*

Monsieur le Vicomte me trouve peut-être mal mis ?

SCIPION, *le toisant.*

Mais non, vous êtes complet comme cela.

BAMBOCHE.

C'est que quelquefois le créancier est forcé d'attendre qu'on le paye pour se mettre aussi bien que le débiteur.

SCIPION.

La riposte n'est pas mauvaise.

BAMBOCHE.

Monsieur le Vicomte, je vous priais de me regarder, pour vous faire voir que je ne suis pas une pâte d'homme dans le genre de M. de la Fressure : il est très-bon enfant, et moi pas.

SCIPION, *froidement.*

Monsieur est méchant ?

BAMBOCHE, *en colère.*

Mille tonnerres ! est-ce que vous ne voyez pas que je suis de taille et de force à vous briser les os ?

LÉONIDAS, *à part.*

Css ! css !

SCIPION, *tirant un petit pistolet.*

Mon cher, avec ceci, je ne craindrais pas Hercule en personne.

LÉONIDAS, *à part.*

Bon ! il va le tuer.

BAMBOCHE, *par une passe, fait sauter le pistolet de la main de Scipion.*

A la savate, nous avons le coup du joujou.

LÉONIDAS, *à part.*

Enfoncé le vicomte !

SCIPION.

C'est habilement fait; vous me donnerez l'adresse du professeur.

BAMBOCHE.

Ce n'est pas la peine, je vous donnerai la leçon moi-même.

SCIPION.

Eh bien, causons.

BAMBOCHE.

A la bonne heure, monsieur le vicomte, causons... Je pourrais, vous le comprenez, vous faire mettre à Clichy, mais c'est commun, c'est usé, je ferai mieux... j'ai pensé à une chose.

SCIPION.

Monsieur a des idées ?

BAMBOCHE.

Mais oui, quelquefois... Ainsi par exemple, vous passez dans la rue...

SCIPION.

En effet, j'y vais parfois.

BAMBOCHE.

Je vous aborde et je vous dis très-poliment, mais très-haut : Monsieur le Vicomte, vous me devez de l'argent, et les gens qui ne paient pas leurs dettes sont... je trouverai là quelque mot désagréable... et toujours vous m'aurez à vos trousses, je serai votre ombre, votre cauchemar... Tout à l'heure, vous allez sortir d'ici, et moi je vais vous suivre avec des paroles qui feront tourner la tête aux passants... Vous jugerez ainsi de l'effet... un échantillon... pas plus... et demain j'irai chez vous savoir si vous trouvez la chose drôle et si vous voulez vous délivrer de moi.

SCIPION.

Eh bien, essayons, comme vous dites. Tenez, je sortirai dans une demi-heure ; et je me dirigerai du côté de certaine maison à laquelle est pendue une lanterne, vous devez connaître ça, vous, la demeure du commissaire de police. J'y entrerai donc, vous me suivrez, ou vous m'attendrez en bas, à votre gré ; je me nommerai à ce digne magistrat, je lui raconterai tout simplement vos menaces, en le priant de me débarrasser de votre mauvaise compagnie et il y a des gens pour cela... vous les connaissez peut-être aussi.

BAMBOCHE.

C'est possible... Eh bien! autre chose... vous dînez au café de Paris?

SCIPION.

Souvent.

BAMBOCHE.

Je vais me mettre à une table à côté de la vôtre, et sans vous parler, en causant avec un ami...

SCIPION.

Que vous aurez fait habiller aussi?...

BAMBOCHE.

Je lui dis, et d'autres m'entendent : Tu vois bien, ce monsieur-là, ça me doit le dîner que ça mange, etc., etc... Qu'est-ce que vous ferez?

SCIPION.

Je finis mon dîner, et en faisant inscrire la carte à mon compte, je dis au maître du café : Si vous recevez encore ici de pareils malotrus, en vous montrant, moi et vingt de mes amis ne remettrons jamais les pieds chez vous; et le lendemain, je reviens dîner, bien sûr de n'être pas honoré de votre voisinage.

BAMBOCHE.

Je vais à votre famille.

SCIPION, *riant.*

Ah! bon! ma famille!...

BAMBOCHE.

Votre père a son autorité.

SCIPION.

J'ai mon indépendance.

BAMBOCHE.

Mais il vous abandonne, il vous déshérite.

SCIPION.

Eh bien! cela donne-t-il un sou à M. de la Fressure?

BAMBOCHE.

Diable! diable! vous êtes fort!... Ainsi, vous devez et vous ne payez pas?

SCIPION.

Mon pauvre garçon, vous êtes vigoureux, énergique, brutal, c'est très-bien dans votre monde, mais ne vous mêlez pas au nôtre; notre gros créancier, c'est notre tuteur, notre protecteur, il m'a prêté, il faut qu'il attende les circonstances, mon bon plaisir, ou plutôt il faut qu'il me prête encore; il faut qu'il me donne de quoi faire bonne figure, car si j'ai un air misérable, je perds tout mon crédit, et lui, toute chance d'être payé; il faut qu'il me fasse la vie bonne, car si je la prends en dégoût et que je meure, adieu tous ses droits... C'est pour cela que la Fressure ne vous a pas cédé sa créance, c'est pour cela qu'il me donnera encore de l'argent tout à l'heure ; puis on nous en donne à nous, à si bon marché.

LÉONIDAS, *qui pendant ce temps a paru écouter au dehors et a regardé par la porte de l'allée, revient près de Scipion, et lui dit tout bas :*

Dites donc, voilà la petite qui descend.

SCIPION, *bas.*

Bien ! (*Haut à Bamboche.*) Nous n'avons plus rien à nous dire, je désire beaucoup que vous vous en alliez.

BAMBOCHE.

Je ne demande pas mieux que d'aller manger les cinq jaunets de monsieur de la Fressure*, mais auparavant je voudrais vous dire une chose.

SCIPION.

Allons, parle vite, drôle.

BAMBOCHE.

Ça va, tutoyons nous, Vicomte... Vois-tu, mon cher.

SCIPION, *riant.*

C'est assez régence.

BAMBOCHE.

Je suis un enfant perdu, ramassé sur la grande route par une bande de gueux j'ai été élevé au mal ; je suis ce que le malheur et l'abandon m'ont fait, un vagabond, un chenapan, comme tu dis, eh bien, veux tu parier une chose ?

SCIPION.

Quoi ?

BAMBOCHE.

Toi, qui es noble, qui es riche, qui as des chevaux, des laquais, des maîtresses, tu finiras plus mal que moi... moi, comme tant d'autres... je finirai comme un chien, au coin d'une borne ou dans un fossé, mais toi, tiens, Vicomte, je te prédis que ce sera quelque chose de mieux.

SCIPION.

Adieu, flatteur.

BAMBOCHE.

Si j'étais cour d'assises, je te dirais au revoir. (*Il sort.*)

SCIPION, *à Léonidas.*

Elle descend ?

LÉONIDAS.

Oui.

SCIPION.

Laisse-nous.

LÉONIDAS, *revenant.*

Monsieur le Vicomte, c'est que j'étais bien aise de vous remettre ce pistolet.

* Léonidas, Bamboche, Scipion.

SCIPION.

Ah ! je vois ton affaire. (*Il lui donne une pièce d'argent.*) Tiens, prends un omnibus et va me copier le rébus de l'obélisque.

LÉONIDAS.

J'y vais, monsieur le Vicomte.

## SCÈNE VI.

SCIPION, BASQUINE*. *Basquine entre et va au comptoir où elle croit trouver Léonidas; ne l'appercevant pas, elle va sortir, lorsque Scipion lui barre la route.*

SCIPION.

Ah ! je vous retrouve enfin, la belle.

BASQUINE.

Que me voulez-vous, monsieur ?

SCIPION.

Parbleu ! vous le savez bien.

BASQUINE.

Je sais que depuis six mois, vous me poursuivez, et que pour vous fuir j'ai été forcée de quitter la place où je vivais de mon travail.

SCIPION.

Si vous m'aviez écouté une seule fois, si vous aviez lu un seul de mes billets, tout serait fini.

BASQUINE.

A ce prix-là, dites-vous, tout sera fini?

SCIPION.

Sans doute.

BASQUINE.

En ce cas je vous écoute, monsieur.

SCIPION.

D'abord, imaginez-vous donc bien, qu'il n'y a pas à jouer au fin avec moi, car je sais qui vous êtes, ce que vous avez été et ce que vous serez.

BASQUINE.

Dites.

SCIPION.

Vous avez été faiseuse de tours, danseuse de corde, saltimbanque.

BASQUINE.

Oui.

SCIPION.

Vous êtes maintenant très-malheureuse.

BASQUINE.

Oui.

* Basquine, Scipion.

SCIPION.

Et vous serez ma maîtresse.

BASQUINE.

Non.

SCIPION.

Pourquoi alors avez-vous ainsi débuté ?

BASQUINE.

Par ignorance.

SCIPION.

Pourquoi ensuite avez-vous reculé ?

BASQUINE.

Par dégoût.

SCIPION.

Et pourquoi me refusez-vous ?

BASQUINE.

Par mépris.

SCIPION.

Ah ! mais vous me piquez au jeu ; je croyais n'avoir trouvé qu'une vertu déchue, que je rapproprierais, qui me ferait l'honneur d'une découverte, et je trouve de l'esprit, de la résolution, quelque chose qui sera bien à table et au salon; alors c'est décidé, il faut que je te séduise.

BASQUINE.

Essayez.

SCIPION.

Mais, ma chère, c'est que tu n'as connu que les mœurs du bas étage, les mœurs des vilains quartiers.

BASQUINE.

Elles ont de moins l'hypocrisie.

SCIPION.

Et la mousseline, et le velours, et la dentelle, et une voiture, et des soupers, et une avant-scène à toutes les premières représentations. et trois mille francs par mois.

BASQUINE.

Vous oubliez encore quelque chose.

SCIPION.

Quoi donc ?

BASQUINE.

Celui qui paye tout cela.

SCIPION.

Ah ! le protecteur.

BASQUINE.

Non, l'imbécile ou l'insolent.

SCIPION.

Pas mal; et dans quelle classe me ranges-tu ? celle des insolents ou des imbéciles?

BASQUINE.

Dans toutes deux.

SCIPION, *piqué.*

Voyons, parlons raison; je suis riche.

BASQUINE.

Tant pis! vous avez plus de moyens d'être méchant.

SCIPION.

Je suis jeune.

BASQUINE.

Tant pis! vous serez méchant plus longtemps.

SCIPION.

Tu n'as rien.

BASQUINE.

C'est vrai!

SCIPION.

Tu t'es embâtée d'une vieille aux trois quarts folle.

BASQUINE.

Vous ne comprenez pas ça, passez.

SCIPION.

Si tu me refuses, comment feras-tu?

BASQUINE.

Je travaillerai.

SCIPION.

J'empêcherai qu'on te donne de l'ouvrage.

BASQUINE.

Vous êtes assez lâche pour cela.

SCIPION.

Sans ouvrage que feras-tu?

BASQUINE.

On me prêtera jusqu'à ce que j'en trouve.

SCIPION.

Je défendrai qu'on te prête, après?

BASQUINE.

Je souffrirai.

SCIPION.

Après?

BASQUINE, *avec énergie.*

Je mourrai en vous maudissant.

SCIPION, *voulant lui prendre la taille**.

Intraitable!

BASQUINE.

Je vous défends de m'approcher. (*Une voiture s'arrête devant la porte qui s'ouvre.*)

SCIPION, *se retournant.*

Une voiture! si c'était mon père... Non, c'est Régina! Que

* Scipion, Basquine.

vient-elle faire ici? (*A Basquine.*) Pas un mot devant cette jeune personne... J'entre là, chez la Fressure, je puis tout entendre.

BASQUINE, *avec dédain.*

Vous êtes bien sot de croire me faire peur. (*Scipion sort.*)

## SCENE VII.

RÉGINA, BASQUINE, Mlle HONORÉ.

BASQUINE.

Toute l'amertume de mon cœur a débordé.. Allons me consoler près de ma bonne vieille; elle du moins me sourit et me caresse.

RÉGINA, *s'approchant avec timidité**.

Mademoiselle, c'est à vous que je voudrais parler.

BASQUINE, *avec brusquerie.*

Je ne vous connais pas.

RÉGINA.

C'est vrai, et je vous demande pardon, mais c'est dans l'intérêt d'une personne que vous paraissez aimer.

BASQUINE.

Est-ce que j'aime quelqu'un, moi?

RÉGINA.

Mais, cette personne que vous accompagnez tous les matins à l'église, pour qui vous avez tant de soins?

BASQUINE.

La bonne femme.

RÉGINA.

Oui, la bonne femme, puisque vous l'appelez ainsi.

BASQUINE.

Eh bien!

RÉGINA.

Mon Dieu! je ne voudrais pas dire une parole qui vous blesse.

BASQUINE.

Parlez toujours.

RÉGINA.

On m'a dit que vous l'aviez recueillie?

BASQUINE.

Oui.

RÉGINA.

Et que cependant vous êtes pauvre.

BASQUINE.

Ne voulez-vous pas que j'en rougisse?

RÉGINA.

Mais vous devez avoir bien de la peine à lui donner ce dont elle a besoin?

* Régina, Basquine.

BASQUINE.

On ne s'en inquiète guère.

RÉGINA.

Si vous vouliez...

BASQUINE.

Si je voulais quoi ?

RÉGINA.

Nous serions deux.

BASQUINE.

Qui, deux ?

RÉGINA.

Vous et moi.

BASQUINE, *émue.*

Vous ?

RÉGINA.

Oui, ça nous serait plus facile à deux de lui donner tout ce qu'il lui faudrait.

BASQUINE, *avec une émotion croissante.*

Vous, riche, vous dans une voiture, vous belle, pure, douce, vous venez ici pour me parler à moi, et pour me dire... (*Elle fond en larmes.*

RÉGINA.

Mon Dieu ! qu'avez-vous ? je vous ai fait de la peine ?

BASQUINE.

Non, j'ai... j'ai que toute ma rancune contre le monde est tombée ; votre douceur, votre bonté m'ont vaincue... Oh ! j'accepte, j'accepte, ma belle demoiselle, j'accepte pour la bonne femme... Oui, partageons, ou plutôt, à bas toute fierté, vous donnerez tout, et moi, je serai reconnaissante pour celle qui ne comprend pas.

RÉGINA.

Oh ! merci, en venant à vous, j'espérais beaucoup : Je me disais, une personne si charitable ne me refusera pas une part dans une bonne action trop lourde pour elle seule, mais puisque nous voilà d'accord, et vous ne sauriez croire combien j'en suis contente....

BASQUINE.

Vous me faites du bien avec votre joie.

RÉGINA.

Dites-moi donc comment vous vous êtes trouvée chargée de la bonne femme.

BASQUINE.

Mon Dieu, c'est bien simple, une nuit, je me trouvais sur le pont Marie...

RÉGINA.

Une nuit ! bien tard ?

BASQUINE.

Vers *minuit.*

RÉGINA.

Oh! mon Dieu! comme vous deviez avoir peur!

BASQUINE.

Non, j'étais dans mes humeurs noires.

RÉGINA.

Qu'alliez-vous donc faire?

BASQUINE.

Je ne sais pas... Mais je vous dis, j'étais dans mes humeurs noires, je m'étais appuyée contre le parapet, une femme... je ne sais comment elle était venue là...

RÉGINA.

La bonne femme?

BASQUINE.

Oui... me dit: Je suis à Paris, n'est-ce pas? Je répondis brusquement oui, et je la vis tomber à genoux sur le pavé en pleurant et en priant Dieu. Étonnée, je lui dis: Pourquoi remerciez-vous ainsi le ciel? Parce que je suis à Paris. Qu'y venez-vous donc faire? Chercher mon fils. . Où demeure-t-il? Je ne sais pas. Qu'allez-vous faire? Je ne sais pas. Et que savez-vous donc?... Je sais que je l'aime, que je l'ai perdu il y a bien long-temps et que je voudrais le voir... Elle s'était relevée, mais elle pleurait toujours et avait peine à se soutenir. Avez-vous des ressources à Paris? Non... Connaissez-vous quelqu'un?... Non... Eh! malheureuse, qui vous secourra? Vous! et elle tomba épuisée dans mes bras... Je la portai à une boutique qui était encore ouverte, quelques sous qui me restaient payèrent son souper et je l'emmenai dans ma chambre.

RÉGINA.

Et depuis?

BASQUINE.

Depuis je n'ai plus pensé à la rivière, puisque la bonne femme resterait seule.

RÉGINA.

Mon Dieu! vous êtes donc bien à plaindre?

BASQUINE.

Moi! oh! oui...

RÉGINA

Oh! dites-moi, je vous en prie, qui êtes vous, quels sont vos parents.

BASQUINE.

Mais c'est un monde que vous ne connaissez pas.

RÉGINA.

Dites toujours.

BASQUINE.

Mon père était charron en Sologne, un pays où le pauvre ne

mange jamais à sa faim et a la fièvre pendant six mois de l'année ; nous étions neuf enfants qu'il fallait nourrir avec le travail de mon père et celui de ma mère. Ma mère tomba en paralysie, mon père eut les fièvres encore plus fortes qu'à l'ordinaire. Un soir, j'avais sept ans, ma mère dormait; nous pleurions tous de faim, parce que le jour du pain de charité n'était que le lendemain; j'étais assise sur le bord du banc de bois qui servait de lit à mon père, et il me disait tout bas... L'homme... l'homme n'est pas venu?... si l'homme vient, quand même je dirais, oui, dis, toi, que tu ne veux pas partir, que tu ne veux pas suivre l'homme.

RÉGINA.

Oh! mon Dieu! qu'est-ce que c'était que cet homme?

BASQUINE.

Tout à coup, mon père fit un soubresaut en arrière, et retomba en disant: C'est lui! je me retournai, et je vis un homme qui venait d'entrer et qui étalait sur une table, du pain, du vin et un pâté... tous nous courûmes à lui. *Un instant, dit-il,* en nous écartant, toutes ces bonnes choses ne sont pas encore à vous. En même temps il tira d'un sac et mit devant moi une petite robe de soie rose pailletée d'argent, des brodequins de velours vert et une couronne de fleurs artificielles. Oh! que c'est beau! m'écriai-je. Chut! ne fais pas de bruit, je vais te mettre cette jolie robe pour que ton père te trouve belle à son réveil... Il m'habilla; fière de ma parure, que mes frères admiraient, j'allai au lit de mon père, je lui secouai la main; il revint à lui. Regarde, père, lui disais-je. Et lui, l'œil plein de terreur, s'écriait : Mon Dieu! pourquoi habillez-vous cette enfant?... Chut! dit encore l'homme; et sur les lambeaux de couverture qui couvraient mon père, il fit tomber une à une des pièces d'argent; mon père me serra dans ses bras en pleurant et en disant avec désespoir : On veut me prendre ma Jeannette. Mais autour du lit l'homme avait amené mes frères et mes sœurs qui disaient : Papa, nous avons bien faim. L'homme voulut me prendre, je me jetai au cou de mon père en criant : Mon père... mon père... je ne veux pas partir, je veux rester ici... Et mon père, secouant sa couverture, faisait rouler l'argent à terre .. Reprenez tout, disait-il, mes enfants, ne mangez pas... le bon Dieu fera de nous ce qu'il voudra, mais on ne m'enlèvera pas Jeannette.

RÉGINA.

Et il vous a emportée?

BASQUINE.

Que vouliez-vous que fissent un moribond et une enfant?

RÉGINA.

Et l'homme?

BASQUINE.

C'était le chef d'une troupe de faiseurs de tours.

RÉGINA.

Oh! pauvre petite, vous avez dû être bien malheureuse! et personne pour vous consoler!

BASQUINE.

Oh! si, un enfant, enlevé comme moi, un peu plus âgé que moi, qui me protégeait, avec qui je parlais de mon père et de ma mère... ce pauvre Martin! si bon, si dévoué!

RÉGINA.

Martin! dites vous? (*A part.*) Je me souviens, Claude Gérard a raconté à ma mère.... (*Haut.*) Est-ce qu'il est resté toujours avec vous?

BASQUINE.

Non... nous l'avons perdu trop tôt pour moi...

RÉGINA.

Vous l'aimiez?

BASQUINE.

Comme on aime le meilleur des frères... une âme d'or!

RÉGINA, *à part.*

Tout le monde l'aime donc!

BASQUINE.

Tenez, tenez, ne parlons plus de tout cela, ou le fiel va me rentrer au cœur.

RÉGINA.

Mais depuis longtemps vous n'êtes plus avec ces vilaines gens?

BASQUINE.

Non, je les ai fuis... j'ai travaillé... il y a quinze jours encore j'étais dans une maison honnête où l'on m'avait accueillie.

RÉGINA.

Et vous l'avez quittée?...

BASQUINE.

Un de ces hommes qui s'étonnent que l'or n'achète pas tout, m'a poursuivie de ses offres honteuses... je le repoussais, il était sans cesse sur mes pas. Fatiguée, désespérée, j'ai cherché un asile ignoré...

RÉGINA.

Oh! que je vous aime de ce que vous me dites-là!

BASQUINE.

Ah! j'avais fui de plus grands dangers, un ami, un camarade d'enfance, que j'aimais... dont je serais devenue la femme si les bons instincts de sa nature n'eussent pas trop souvent cédé aux habitudes de sa première vie... Mais, c'est singulier, moi qui ne cause jamais... je vous dis tout cela.

RÉGINA.

C'est naturel, puisque nous sommes associées.

BASQUINE.

Ce n'est pas seulement cela, mais c'est que je vous sens bonne, confiante... A quoi bon dire à d'autres que cette vie de désordres et de mauvais exemples ne m'a pas souillée... ils ne me croiraient pas... mais vous, vous avez foi en mes paroles... et vous me croyez pure, n'est-ce pas ?... Oh ! *oui, car vous me tendez la main.*

RÉGINA.

Oui, je vous crois, et vous n'aurez plus de chagrin ; je ne suis pas encore maîtresse de ma fortune... cependant...

BASQUINE.

Est-ce que vous avez cru que je vous demandais l'aumône ?

RÉGINA.

Ah ! pardon ! mais je pensais...

BASQUINE.

Rien, pour moi... d'ailleurs, tout cela va finir...

RÉGINA.

Comment ?

BASQUINE.

Je ne puis vous le dire... je suis obligé de tenir très-secret... bientôt... demain peut-être... mais pour la bonne femme, tout ce que vous voudrez.

RÉGINA.

Vous n'êtes pas fâchée ?

BASQUINE,

Si peu, que si vous voulez je vais vous conduire près de cette pauvre tête faible, qui est bien bonne, et bien douce, allez...

RÉGINA.

Je la connais, je l'ai vue avant-vous... Oh ! oui, je voudrais bien la revoir ; mon tuteur doit me retrouver ici, j'ai encore le temps.

BASQUINE, *ouvrant la porte en souriant.*

C'est un peu haut.

RÉGINA.

J'ai de bonnes jambes. (*Toutes deux sortent par la porte de l'allée.*)

## SCÈNE VIII.

LA LEVRASSE, SCIPION*. *Ils sortent de l'arrière-boutique.*

LA LEVRASSE.

Eh bien ! avez-vous assez écouté ?

SCIPION.

J'ai entendu ce que je voulais ; c'est de la bienfaisance ; on pourra peut-être un jour tirer parti de cela.

* Scipion, la Levrasse.

LA LEVRASSE.

Maintenant, que vous pouvez m'entendre, j'ai à vous parler sérieusement. (*Il éternue.*)

SCIPION.

Je t'ai dit ce matin qu'il me faut de l'argent ce soir même deux mille louis.

LA LEVRASSE.

Vraiment! Quarante mille francs, pas davantage!

SCIPION.

Tu ne te formeras donc jamais? A quoi te sert de fréquenter la fleur des gentilshommes pour toujours parler comme un portier... Quarante mille francs, c'est ignoble! Tu ne peux pas dire deux mille louis?

LA LEVRASSE.

Si fait! si fait! Eh bien, Vicomte, par la sambleu! je ne vous prêterai pas ces deux mille louis, foi de gentilhomme.

SCIPION.

Ah! tu ne me les prêteras pas?

LA LEVRASSE.

Non!

SCIPION.

Ce sera curieux!

LA LEVRASSE.

Vous verrez cette curiosité là... et qui plus est, mon cher, vous irez en prison, et pas plus tard que demain, je m'y décide.

SCIPION.

Je n'irai pas en prison, et tu me prêteras de l'argent.

LA LEVRASSE.

Voilà qui est fort...

SCIPION.

Mais remarque donc, imbécile, qu'en me faisant mettre en prison, tu rends par cet éclat mon mariage impossible, et ta créance sur moi est perdue...

LA LEVRASSE.

Et c'est avec un pareil bilan que vous osez me demander encore quarante mille francs...

SCIPION.

Dis donc deux mille louis...

LA LEVRASSE.

Ah ça, vous me croyez fou?

SCIPION.

Et voici pourquoi tu vas me les prêter, c'est que je t'offre la signature de mon père...

LA LEVRASSE.

De votre père! diable! c'est différent! Et cette signature?...

SCIPION.

La voici!

LA LEVRASSE, *examinant le papier.*

Une obligation de quarante mille francs, signée, Comte Duriveau... mais on dirait votre signature...

SCIPION.

C'est tout simple ; mon écriture ressemble à celle de mon père ; c'est un à compte qu'il m'a donné pour la corbeille de noces de Régina.

LA LEVRASSE, *à part.*

Ou la signature est vraie, et je serai payé de ces quarante mille francs, ou elle est fausse, et alors c'est encore bien mieux. (*Haut.*) Eh bien, Vicomte, vous aviez raison, je ou s prêterai ces deux mille louis... à une condition...

SCIPION.

Laquelle ?

LA LEVRASSE.

C'est que vous endosserez cette obligation, afin que l'on voie bien que c'est vous qui l'avez mise en circulation.

SCIPION.

Qu'à cela ne tienne, nous nous entendons.

LA LEVRASSE.

Comment ?

SCIPION.

Il suffit... tu garderas cette obligation qui échoit dans deux mois... Tu vois bien qu'il faut que j'épouse Régina avant six semaines... Où sont les fonds ?

LA LEVRASSE.

Vous sentez bien, monsieur le Vicomte, que pris ainsi à l'improviste, je ne puis en un jour réaliser quarante mille francs... non, deux mille louis... en espèces... j'ai au plus en caisse une dizaine de mille francs, mais j'ai des valeurs, et des...

SCIPION.

Des effets de portefeuille... je m'y attendais, voyons... quels sont-ils ?

LA LEVRASSE, *cherchant dans un grand portefeuille.*

Voici une traite de quinze mille francs du comte Ladislas de Requinewski, sur la maison Brocoli et compagnie d'Odessa...

SCIPION.

Très-bien !

LA LEVRASSE.

Item, une concession de défrichement de mille hectares au Texas, pays superbe et plein d'avenir, à dix francs l'hectare, c'est donné... ci... dix mille francs.

SCIPION.

Va toujours...

LA LEVRASSE.

Sept cent soixante-seize actions dans l'entreprise des aérostats parallélipipèdes, cotées à la bourse de Pondichéry à cinquante-cinq roupies de prime par action...

SCIPION.

C'est excellent.

LA LEVRASSE.

Enfin, pour fusils de bois, trompettes de fer blanc, tambours etc... fournis par ma maison aux enfants de la Smala, un mandat à vue de neuf mille francs sur Abd-el-Kader.

SCIPION.

Il ne s'agit que de le voir... très-bien ! et comme j'accepte nécessairement ces valeurs, tu vas m'indiquer un honnête compère qui me les escomptera à deux cents pour cent de perte.

LA LEVRASSE.

Du tout... du tout... vous vous chargerez d'escompter... vous ferez ce que vous voudrez...

SCIPION.

Que tu es bête, va, de vouloir jouer au fin entre nous, fais ce que tu voudras de tes paperasses, et que dans une heure Léonidas me rapporte mon argent.

LA LEVRASSE.

Allons, je tâcherai...

SCIPION.

Je ne te dis pas de tâcher, je te dis, je le veux... Ah ! ça, tu te charges aussi de mon père, je t'ai annoncé sa visite...

LA LEVRASSE.

Il peut venir... j'ai écrit une lettre que je lui ferai donner.

SCIPION.

Comme tu voudras, arrange-toi. (*En sortant, il se heurte contre Martin qui entre.*) Vous ne pouvez donc prendre garde, manant ?...

MARTIN.

Monsieur, il me semble que c'est vous...

SCIPION.

Père la Fressure... apprenez donc la politesse à ces gens là !... (*Il sort.*)

## SCÈNE IX.

### LA LEVRASSE, MARTIN.

MARTIN, *le regardant sortir.*

Quelle insolence !

LA LEVRASSE, *à part.*

C'est Martin.

MARTIN, *s'avançant.*

Monsieur de la Fressure ?...

LA LEVRASSE.

C'est moi, monsieur.

MARTIN.

Léonidas m'a dit que je pouvais me présenter à vous, pour obtenir quelque emploi dans vos affaires.

LA LEVRASSE.

Que faites-vous en ce moment?...

MARTIN,

Rien encore, monsieur; un protecteur que je croyais trouver à Paris est mort de mort subite. J'ai consacré deux mois à chercher une personne que j'aurais le plus grand intérêt à trouver. J'ai dû interrompre mes recherches parce que j'avais épuisé mes ressources... Maintenant, je fais quelques écritures, mais ce travail ne peut suffire au plus strict nécessaire. Je suis seul, je ne connais personne. Léonidas a dû vous dire.

LA LEVRASSE.

Oui, Léonidas, mon premier commis, m'a parlé de vous comme d'un garçon d'esprit et de cœur.

MARTIN.

Ce n'est ni le cœur ni la volonté qui me manquent, c'est le travail, je ne demande que du travail.

LA LEVRASSE.

Jeune homme, votre physionomie me plaît... vous m'intéressez. Il ne sera pas dit qu'un négociant qui a toujours fait honneur à sa signature aura laissé l'honnêteté dans la détresse. Ah! fi donc! fi donc!

MARTIN.

Monsieur, vous m'aurez sauvé... que de reconnaissance!...

LA LEVRASSE.

Jeune homme, il y a en vous des qualités précieuses, je tâcherai de les utiliser... Pourriez-vous, par exemple, me servir d'intermédiaire auprès d'un homme très-bien placé, monsieur le comte Duriveau (*Martin fait un mouvement.*) Vous le connaissez?...

MARTIN.

Non, monsieur, j'ai entendu parler de lui.

LA LEVRASSE.

Monsieur le comte Duriveau a un fils auquel j'ai eu le bonheur de rendre quelques services d'argent... J'en suis bien mal récompensé... le père est dur et oublie trop les erreurs de sa jeunesse... il faudrait lui parler, lui dire qu'il faut se rappeler qu'on a été jeune... (*Regardant dans la rue.*) Je ne me trompe pas... le comte!.. il cherche mon magasin. Diable! à peine ai-je le temps... Écoutez vite... En un mot, monsieur Duriveau a aussi ses orages de jeunesse... il n'est pas sans quelque reproche à se faire... enfin, parlez chaudement, adressez-vous à son cœur, à tous les bons sentiments...

MARTIN.

Mais, monsieur, je ne sais vraiment si je dois...

LA LEVRASSE.

Oh ! nous n'avons pas le temps de discuter, songez que ce pauvre jeune homme a mis tout son espoir en vous...

MARTIN.

Cependant, permettez-moi...

LA LEVRASSE.

Et comme il faut tout prévoir, si le Comte résistait, vous lui remettriez cette lettre, qui obtiendra tout de lui.

MARTIN.

Mais...

LA LEVRASSE.

C'est tout... le voilà... plus tard je répondrai à toutes vos questions... Dites que je suis sorti.

MARTIN, *à part.*

Ah ! je ne pensais pas que ce fût pour un pareil emploi.

## SCÈNE X.

MARTIN, DURIVEAU.

DURIVEAU.

Monsieur la Fressure!

MARTIN.

Il n'est pas ici, monsieur.

DURIVEAU.

A quelle heure peut-on le rencontrer, je reviendrai...

MARTIN.

Pardon, monsieur le Comte, en son absence j'aurai à vous entretenir...

DURIVEAU.

Vous, monsieur?...

MARTIN

Oui, monsieur le Comte.

DURIVEAU.

Mais, qui êtes-vous?

MARTIN.

Mon nom, parfaitement obscur et commun, Martin, n'ajouterait aucune autorité à la mission dont je suis chargé.

DURIVEAU.

Une mission !

MARTIN.

Une mission grave, monsieur le Comte.

DURIVEAU.

Parlez donc, monsieur Martin.

MARTIN.

Monsieur le Comte, je dois vous entretenir de votre fils.

DURIVEAU.

Arrêtez, monsieur, j'ai déjà fait dire à monsieur de la Fressure, que je n'entendais en rien me rendre responsable de dettes usuraires dont la source est aussi impure que l'emploi.

MARTIN.

Monsieur, je ne veux pas excuser des torts que je ne connais pas, mais n'est-il pas à craindre qu'une sévérité excessive ?

DURIVEAU.

De quel droit jugez-vous la conduite d'un père avec son fils? Du reste, ce langage doit être celui de vos pareils.

MARTIN.

Monsieur...

DURIVEAU.

Quand on fournit aux sottises des enfants, il est juste de blâmer la sévérité des pères...

MARTIN.

Il serait peut-être juste aussi, monsieur, avant de s'armer ainsi de rigueur, de jeter les regards sur son passé...

DURIVEAU.

Que voulez-vous dire?...

MARTIN.

Rien, monsieur le Comte, sinon qu'il est bien peu d'hommes de votre âge qui en repassant leur jeunesse, n'y trouvent une leçon d'indulgence.

DURIVEAU.

Ce n'est pas de votre bouche...

MARTIN.

Brisons là, monsieur le Comte, je n'ai plus qu'à vous remettre ce billet, et j'attends votre réponse...

DURIVEAU, *lisant.*

« Monsieur le Comte, vous devez comprendre qu'on est par- » faitement au courant de tout... » (*Parlé.*) Que signifie? (*Lisant.*) « C'est très-bien de se présenter aux suffrages de ses con- » citoyens... mais le nom de Perrine, sa séduction, son enfant » *abandonné, commenteraient mal une circulaire électorale.*

MARTIN.

Qu'entends-je ?

DURIVEAU, *continuant.*

« On répugne cependant à détruire une réputation si bien éta- » blie, et on vous laisse la liberté de la sauver de tout échec, si vous » vous engagez à remettre dix mille francs dont on a besoin la fa- » mille d'un artiste malheureux. » (*Avec indignation.*) Infamie! c'était un piége odieux!

MARTIN.

Monsieur, croyez...

DURIVEAU.

Pas un mot, monsieur.

MARTIN.

Au nom du ciel!... elle!

RÉGINA, *entrant.*

Monsieur Martin !...

DURIVEAU.

Sortons, mon enfant, cet homme est un misérable !

RÉGINA.

Oh ! mon Dieu !

MARTIN, *s'élançant.*

Je ne souffrirai pas.

DURIVEAU.

Arrêtez... demain, vous trouverez ma réponse chez le procureur du roi...

MARTIN, *tombant sur un siége.*

Ah ! je suis perdu !

LA LEVRASSE, *se montrant.*

Je crois que la lettre a produit son effet.

---

# ACTE III.

## QUATRIÈME TABLEAU.

Le salon de Régina. — Meubles élégants, porte d'entrée au fond, portes à droite et à gauche au troisième plan. En avant de la porte à gauche, une cheminée garnie ; miniatures suspendues aux côtés de la glace... A gauche, table, petit secrétaire, etc.

### SCÈNE I.

RÉGINA, *seule assise sur une causeuse.*

Martin ici... à Paris ! Martin menacé par mon tuteur qui parle de lui avec mépris et indignation ! Depuis quelques mois, j'ai d'horribles moments de tristesse, d'agitation, d'inquiétude... je ne me reconnais plus... et cette rencontre il y a deux jours, cette colère du comte Duriveau, ont semblé répondre à de sombres prévisions depuis longtemps conçues... (*Silence.*) Chassons ces pensées, elles sont folles, funestes, coupables, et malgré moi je rougis de dépit et de honte... (*Nouveau silence. Duriveau entre par la gauche.*) Mon tuteur ! je n'ose lui demander ce qui s'est passé entre eux.

## SCÈNE XI.

### DURIVEAU, RÉGINA*.

DURIVEAU.

Pardon, ma chère Régina, de m'être fait attendre.

RÉGINA.

Vous m'avez dit que vous aviez à causer très-sérieusement avec moi...

DURIVEAU.

Auparavant, me permettrez-vous de vous demander si vous êtes contente de l'installation de votre nouvelle protégée.

RÉGINA.

Son Antigone l'a conduite chez le docteur Duval, dans sa maison de santé de la rue de Vaugirard ; on lui donné une chambre gaie, la jouissance d'un jardin, il y a de l'air, de la propreté, une apparence de fête dans tout ce qui l'environne... Et pour me montrer qu'il y a déjà du mieux, la jeune fille m'a promis de l'amener ce matin.

DURIVEAU.

Bien ! mon enfant ! tout cela est un noble emploi de votre fortune et de votre activité, revenons au sujet qui m'amène.

RÉGINA.

Permettez-moi avant tout une question.

DURIVEAU, *s'asseyant.*

Parlez...

RÉGINA.

Quel était donc le motif de votre irritation contre ce jeune homme, il y a deux jours, chez ce marchand ?

DURIVEAU.

Je ne puis vous le dire, mon enfant; qu'il vous suffise de savoir qu'il sert d'instrument à d'odieuses intrigues... mais laissons là cette triste affaire... j'ai déposé ma plainte... il doit être arrêté ce matin.

RÉGINA, *à part.*

O mon Dieu ! lui... arrêté !

DURIVEAU.

Maintenant écoutez-moi. Régina, vous connaissez les dernières volontés de votre père... vous connaissez sinon la loi qu'il vous a faite, du moins le vœu qu'il a exprimé à son lit de mort... ce mariage entre vous et mon fils... je vous ai laissé le temps d'y réfléchir, aujourd'hui, je viens vous supplier de me donner une réponse si longtemps attendue.

* Régina, Duriveau.

RÉGINA.

Sans doute, monsieur, mes dispositions ne sont pas changées, mais...

DURIVEAU.

Un mot encore, Régina; quelques légèretés, quelques étourderies de Scipion ont pu donner lieu à vos hésitations; je m'accuse moi-même devant vous presque comme son complice...Oui, ma faiblesse l'avait habitué de bonne heure au luxe, aux caprices peut-être; il a fait quelques folles dépenses auxquelles du reste j'ai pu suffire; mais il est temps de l'arracher à ces habitudes de la vie de garçon... Si vous preniez un parti décisif, j'en suis certain, il trouverait dans le bonheur même qu'il vous devrait la plus sûre sauvegarde contre de futiles et dangereux plaisirs... Vous voyez, mon enfant, ce n'est pas son bonheur seul que je vous demande.

RÉGINA.

Vous savez, monsieur le Comte, que ma mère, en mourant, a laissé pour moi des conseils, sans doute... Le malheur de son mariage et de toute sa vie me les rend plus sacrés encore... Ces papiers, elle a toujours désiré que je n'en prisse connaissance qu'à vingt ans.

DURIVEAU.

Dans toute autre circonstance, mon enfant, je respecterais, j'honorerais votre scrupule; mais votre mère n'avait pu prévoir les dernières volontés du comte de Noirlieu... elle ne pouvait deviner que pour veiller sur votre jeunesse et la protéger, vous auriez un tuteur aussi sincèrement, aussi profondément affectionné que je fais profession de l'être...

RÉGINA.

Je comprends, monsieur le Comte, l'importance des raisons que vous me donnez, je suis loin de revenir sur la promesse que je vous ai faite; cependant, je ne puis me résoudre à fixer un terme précis... et aujourd'hui encore moins qu'un autre jour... (*Son émotion l'empêche de continuer.*)

DURIVEAU.

Mais qu'avez-vous? vous paraissez émue... on croirait que vous êtes prête à pleurer... Parlez-moi, Régina, parlez-moi donc avec confiance.

RÉGINA.

Je vais le faire... Dans la solitude où longtemps a vécu ma mère, elle n'admettait qu'un homme plein de bonté et de savoir, le modeste maître d'école du village, et un enfant plus âgé que moi qu'il avait élevé et auquel il avait transmis le germe de toutes ses bonnes et grandes qualités; ma mère aimait beaucoup cet enfant, elle se plaisait à l'attirer près d'elle, elle me le proposait souvent en exemple, et souvent aussi par lui ma tâche d'écolière devenait plus facile... Quand ma mère mourut, la douleur de ce jeune homme fut égale à la mienne, et son cœur comme le mien a conservé le culte de sa mémoire.

DURIVEAU.

Voilà un jeune homme, Régina, que vous voulez me faire aimer...

RÉGINA.

Si je vous demandais quelque chose pour lui?

DURIVEAU.

Parlez, mon enfant.

RÉGINA.

Cette plainte que vous avez portée, retirez-la, car le jeune homme dont je vous parlais est M. Martin!

DURIVEAU, *se levant.*

Ce misér...

RÉGINA, *se levant.*

Ah! pas ce mot-là!... Vous l'avez déjà prononcé devant moi, il me fait mal.

DURIVEAU.

Je dois dans l'intérêt public...

RÉGINA.

Mon Dieu! monsieur, je ne cherche pas à l'excuser. S'est-il perdu depuis qu'il est à Paris? est-il coupable? je l'ignore... Mais enfin, je ne voudrais pas qu'une punition, même méritée, lui vînt d'une personne que je dois un jour nommer mon père...

DURIVEAU.

Un jour!...

RÉGINA.

Tenez, je veux être une pupille bien obéissante : j'enverrai à Vieilleville, aujourd'hui, aujourd'hui même, pour chercher les papiers que m'a laissés ma mère.

DURIVEAU.

Quoi! vous consentiriez...

RÉGINA.

Oui, mais vous écrirez tout de suite, pour dire que vous vous êtes trompé.

DURIVEAU.

Et je pourrais annoncer à Scipion...

RÉGINA.

Mon Dieu! ici, ni papier, ni encre... (*L'entraînant.*) Mais là! chez moi.

DURIVEAU.

Qu'au moins, je ne sois pas seul heureux.

RÉGINA.

Peut-être ainsi, aurai-je moins de regrets.

DURIVEAU, *qui a sonné.*

Prévenez le vicomte que je l'attends.

RÉGINA.

Venez. (*Elle l'entraîne.*)

LE DOMESTIQUE, *en sortant, au fond.*

Par ici, jeune homme, je vais prévenir M. le Vicomte qui va sortir... Il va venir, M. le Comte le demande.

## SCÈNE III.

LÉONIDAS, *puis* SCIPION.

LÉONIDAS, *seul, examinant le salon.*

Diable! diable! c'est très-coq ici, très-gentil! très-gentil... Tiens! voilà un tapis! c'est là-dessus qu'il serait agréable de faire le saut de carpe...

SCIPION, *entrant sans voir Léonidas.**

Qui me demande outre mon père?... je n'ai pas le temps. (*A Léonidas.*) C'est toi, drôle, dans cet accoutrement! Ne saurais tu prendre pour venir ici, quelque déguisement, quelque prétexte?... Eh bien, mes commissions? a-t-elle lu ma lettre?

LÉONIDAS.

Mademoiselle Basquine l'a lue et l'a gardée.

SCIPION.

Très-bien, avec le bracelet?

LÉONIDAS.

Non! le bracelet, elle me l'a rendu. (*Il lui remet une petite boîte que Scipion met dans sa poche.*)

SCIPION.

La fière créature! c'est toujours pour ce soir?

LÉONIDAS.

Oui, monsieur le Vicomte.

SCIPION.

Les bouquets, les couronnes, tout est prêt?

LÉONIDAS.

Vous serez content... tout ira comme un amour.

SCIPION.

Et mon argent?

LÉONIDAS.

Monsieur de la Fressure n'a pas encore pu escompter, mais avant ce soir...

SCIPION.

J'y compte... mon père!.. va-t-en! (*Léonidas disparaît par le fond au moment où le Comte entre.*)

* Scipion, Léonidas.

## SCÈNE IV.

### DURIVEAU, SCIPION.*

DURIVEAU.

Scipion je n'ai pas voulu tarder à te parler...

SCIPION.

Mais tu le vois, je partais pour le champ de Mars; la course est pour deux heures... mon cheval m'attend, les paris vont s'engager... je me suis arrêté pour toi, trouve donc un fils plus docile...

DURIVEAU.

Scipion, tous mes vœux sont comblés, ta cousine consent.

SCIPION.

Vraiment ! Jamais mariage n'aura fait plus d'heureux.

DURIVEAU.

Comment?

SCIPION.

Mais, toi, d'abord, et puis moi... et puis tous ceux qui... s'intéressent à mon bonheur.

DURIVEAU.

Te ne vas pas remercier Régina.

SCIPION, *montrant sa montre.*

Impossible ! puisque je t'ai dit que la course est pour deux heures, mais en rentrant j'irai lui présenter mes hommages, mes remercîments, et même, si tu n'étais pas le plus serré des pères, je lui présenterais quelque chose de mieux.

DURIVEAU, *cherchant dans son portefeuille.*

Voyons, mauvais sujet, je ne veux pas que tu m'accuses de t'empêcher d'être galant envers ta cousine... tiens, voilà deux billets.

SCIPION, *les prenant.*

Allons, on tâchera de te faire honneur.

DURIVEAU.

Maintenant, Scipion, j'ai le droit de compter sur toi, tu vas devenir raisonnable, songe...

SCIPION.

Tu vas prêcher quand mon cheval m'attend! adieu !

DURIVEAU.

Mais écoute donc...

SCIPION.

Réserve-moi ta harangue pour le jour des noces ; tu sais, ce jour-là on ne sait jamais que faire.

DURIVEAU, *seul.*

Allons, ce n'est encore que de l'étourderie, de la folie que l'âge dissipera... Sa position nouvelle va peut-être faire naître en lui l'ambition... Espérons que le travail nécessaire pour parvenir l'arrachera à la société de ces jeunes désœuvrés. (*Il sort.*)

## SCÈNE V.

RÉGINA, BASQUINE, PERRINE, *Régina entre par la droite au même moment que les deux femmes.*

RÉGINA, *allant au-devant d'elles**.

Ah! que je suis aise que vous soyez venues! j'avais besoin de voir, cela soulage le cœur.

BASQUINE.

Quoi! mademoiselle, auriez-vous de la peine?...

RÉGINA, *avec ironie.*

Moi?... moi... riche! moi... libre de ma volonté!... dans ma position, on n'a jamais de peine... (*A Perrine.*) Et la bonne mère... (*A Basquine.*) Comment va-t-elle?

BASQUINE.

Le docteur est assez content... il me semble, à moi-même comme à lui, qu'elle est déjà mieux.

RÉGINA.

Et à quoi le médecin attribue-t-il cette amélioration?

BASQUINE.

Au bien-être dont elle se trouve entourée, et à une circonstance étrange.

RÉGINA.

Quelle circonstance?...

BASQUINE.

Le jardin du docteur est dominé par une maison de chétive apparence; un pauvre garni, m'a-t-on dit... à l'une des fenêtres de cette maison, elle a sans doute aperçu quelqu'un qui a éveillé en elle de vifs souvenirs, car le gardien l'a trouvée hier et ce matin en larmes et tendant les mains vers cette fenêtre, où ne paraissait plus personne.

RÉGINA**.

C'est étrange, en effet. (*A Perrine.*) Eh bien! bonne mère, comment vous trouvez-vous?

PERRINE. *Elle lui prend les mains et les baise avec respect.*

Bien, bien!... Et vous?... Oh! je vous reconnais bien! (*Elle tombe dans une profonde rêverie.*) Je vous reconnais bien!...

RÉGINA.

Ne restez pas ainsi, bonne mère, il faut espérer...

PERRINE.

Espérer quoi?...

* Régina, Basquine, Perrine.
** Basquine, Régina, Perrine.

RÉGINA.

Le repos, le bonheur, après tant de chagrins.

PERRINE.

Des chagrins!... ah ! oui, je comprends cela... (*Elle rêve.*) Des chagrins!... il me semble que je me souviens, et que... non, plus rien. (*Silence.*) D'ailleurs, mon fils viendra...

RÉGINA.

Pauvre femme ! c'est sans doute la perte d'un fils qui a causé sa folie ! (*A Perrine.*) Bonne mère, vous avez raison, vous le reverrez, votre fils...

PERRINE.

Je l'ai vu, hier... ce matin... à la fenêtre; je l'ai appelé... il n'est pas venu ?... (*Silence.*) Ah !... des fleurs, vous m'en avez promis...

RÉGINA.

J'y avais songé... c'est pour vous... (*Elle lui donne des fleurs placées dans une corbeille sur la table.*)

PERRINE.

Oh ! qu'elles sont belles !... (*A Régina.*) J'aime à vous voir et lui aussi...

RÉGINA.

Il faut la distraire. (*A Perrine.*) Faites pour lui un beau bouquet.

PERRINE.

Pour lui !... Oh ! oui !... Oh ! les belles fleurs !... Je suis contente !...

RÉGINA, *à Basquine.*

Et vous, ma belle orgueilleuse, vous me paraissez moins triste ?...

BASQUINE.

C'est qu'aujourd'hui, enfin, se réalise l'espoir dont je vous parlais hier; voici mon bulletin, je débute ce soir...

RÉGINA, *avec chagrin.*

Sur un théâtre .

BASQUINE.

Un théâtre bien éloigné, bien obscur... Oh ! je vous vois déjà mécontente.

RÉGINA.

Mécontente, non, mais étonnee, affligée.

BASQUINE.

Vous êtes comme tout le monde; vons cédez aux préventions. Ce matin, déjà, je l'ai éprouvé : ce persécuteur infatigable...

RÉGINA.

Eh bien ?

* Perrine, Régina, Basquine.

BASQUINE.

Quand il a su, je ne sais comment, que je débutais, il m'a crue déjà à lui. Voyez avec quelle insolence il m'écrit... (*Elle lui donne une lettre.*)

RÉGINA.

C'est singulier... cette écriture...

BASQUINE.

Et ce n'est pas assez, il a cru déjà devoir me payer en m'envoyant un bracelet.

RÉGINA.

Et qu'avez-vous fait ?

BASQUINE.

J'ai gardé la lettre pour nourir ma haine, et dans la boîte, j'ai écrit : A celle qui se vend, et l'ai rendue à son émissiare *.

RÉGINA.

Courageuse jeune fille !

PERRINE, *qui a parcouru l'appartement, s'est arrêtée devant la cheminée et a saisi vivement une miniature.*

Ah ! mon Dieu !

RÉGINA, *à Basquine.*

Qu'a-t-elle ? (*Elles vont à Perrine.*)

BASQUINE.

Ce portrait...

RÉGINA.

C'est celui de mon tuteur dans sa jeunesse.

PERRINE.

Ah ! lui ! lui ! pauvre Perrine !

RÉGINA.

Perrine !... qui, Perrine ?

PERRINE.

Moi !... moi !...

BASQUINE.

Vous vous nommez Perrine ?

PERRINE, *avec effroi* **.

Oh ! ne le dites pas !... ne le dites pas !...

BASQUINE.

La voilà qui pleure comme ce matin !... (*Elles ont ramené Perrine vers la table ; elle s'y rassied ; Régina est allée prendre le bouquet.*)

RÉGINA **.

Tenez, bonne mère, reprenez votre bouquet ; la voilà de nouveau calme et douce... (*A Basquine.*) Revenons à vous, à votre projet... Quel rôle jouez-vous?

* Régina, Basquine, Perrine.
** Basquine, Régina, Perrine.

BASQUINE.

La fée d'argent.

RÉGINA.

Alors, votre costume doit être beau.

BASQUINE, *souriant.*

Les administrations ne sont pas bien généreuses.

RÉGINA.

Si je vous donnais quelque chose de riche, vous me refuseriez?

BASQUINE.

Oui, mais j'accepterais avec joie rien que de la mousseline... des rubans...

RÉGINA.

Bien! bien! je vois cela.

BASQUINE.

Direz-vous encore que je suis orgueilleuse?

RÉGINA.

Non, vous êtes charmante. (*A Mlle Honoré qui entre, appelée par la sonnette.*) Mademoiselle Honoré, restez près de madame. (*Montrant Perrine. à Basquine.*) Quand nous aurons tout ce qu'il nous faut, je l'enverrai prendre... Madame la fée d'argent veut-elle bien visiter mes armoires, mes tiroirs, mes cartons?

BASQUINE.

Que vous êtes aimable et bonne!

PERRINE, *un moment seule; Mlle Honoré dans le fond.*

Quand il viendra à sa fenêtre, ce soir, je lui jetterai ce bouquet.

## SCÈNE VI.

PERRINE, MARTIN, UN DOMESTIQUE, Mlle HONORÉ *.

LE DOMESTIQUE, *faisant entrer Martin. A Martin.*

Veuillez entrer par ici, monsieur. Mademoiselle Honoré, voulez-vous prévenir mademoiselle que monsieur demande à lui parler de la part de Monsieur Claude Gérard. (*A Martin.*) Veuillez attendre ici un moment. *Mlle Honoré entre par la droite.*)

MARTIN, *sans voir Perrine***.

Chez elle! elle va venir, mon Dieu! Quel trouble agite mon cœur!... J'hésite à venir lui rapporter cette cassette. Comment accueillera-t-elle celui qu'elle n'a revu que pour entendre prononcer contre lui une injure et une menace?...

Mlle HONORÉ, *revenant.*

Mademoiselle va venir dans un instant...

MARTIN.

Il suffit, mademoiselle.

* Mlle Honoré, le Domestique, Martin, Perrine.

** Martin, Perrine.

PERRINE, *se retournant vers Martin.*

Ah ! lui !, lui, le voilà donc enfin...

MARTIN, *à part.*

Quelle est cette femme ?

PERRINE.

Je savais bien que tu allais venir !...

MARTIN.

Mais je ne me trompe pas... c'est vous que depuis deux jours, dans la maison du docteur...

PERRINE.

Oui, c'est moi qui t'ai vu hier, aujourd'hui, c'est moi qui t'ai appelé.

MARTIN.

Mais comment êtes-vous ici, bonne mère ?

PERRINE.

Mère !... Il a dit mère !...

MARTIN.

Vous avez du plaisir à me voir ?

PERRINE.

De près, plus près...

MARTIN.

Vous croyez me reconnaître ?

PERRINE.

Oui... lui... (*Elle cherche.*)

MARTIN.

Que cherchez-vous ?

PERRINE, *un moment indécise.*

Je ne sais plus... Ah ! (*Elle va prendre le portrait.*)

MARTIN.

Vous connaissez cet homme ?

PERRINE.

Cet homme ! je ne veux pas le connaître !

MARTIN.

Cette agitation, ce trouble... à la vue de ce portrait, qui est bien celui du comte Duriveau... Si c'était... Oh ! pauvre Claude Gérard ! pauvre Claude Gérard ! (*Il porte le portrait sur la table à gauche.*)

PERRINE.

M'aimes-tu, toi ?

MARTIN.

Si vous êtes réellement celle que je crois, la plus vive affection...

PERRINE.

Écoute...

MARTIN.

Que voulez-vous ?

PERRINE.

Dis-moi tout bas... Mère, je t'aime !

MARTIN.

Mère, je t'aime.

PERRINE.

Encore...

MARTIN.

Mère, je t'aime.

PERRINE.

Ah ! que je suis heureuse ! (*Elle est prête à défaillir.*) Que je suis heureuse !... (*Il la soutient dans ses bras.*)

RÉGINA, *entrant, à part.*

Lui ! mon Dieu !

MARTIN.

Mademoiselle Régina !

RÉGINA, *à part.*

Oh ! du moins, il ignore à quel prix !...

PERRINE, *qui est revenue à elle, montrant Basquine à Martin*.*

Tu la connais ? oh ! elle est bonne ! bien bonne !... aime-la bien... aime-la bien... C'est elle qui m'a mise dans une maison où il y a des fleurs, et d'où je puis mieux te voir.

RÉGINA.

Vous savez, il ne faut pas trop parler.

MARTIN.

Vous, mademoiselle... vous sa bienfaitrice !

RÉGINA, *montrant à Perrine, un domestique qui entre.*

On vient vous chercher, bonne mère, on vous attend !

PERRINE.

Tantôt, je te verrai.

MARTIN.

Oui... oui...

PERRINE.

Adieu, mademoiselle... (*A Martin.*) Tu te mettras à la fenêtre...

MARTIN.

Je vous le promets. (*Elle sort.*)

## SCENE VII.

### MARTIN, RÉGINA**.

RÉGINA.

Pourquoi, monsieur Martin, vous êtes vous fait annoncer de la part de Claude Gérard ?

* Régina, Perrine, Martin.
** Régina, Martin.

MARTIN.

Je craignais que vous ne voulussiez pas me recevoir.

RÉGINA.

Je regrettais que vous fussiez privé de votre liberté par M. le comte Duriveau; que vouliez-vous que le reste me fît ?

MARTIN.

Ah ! ce mot est cruel, mais je l'ai mérité, puisque j'ai eu la témérité de croire que vous portiez quelque intérêt à l'honneur de l'orphelin que votre mère a aimé...

RÉGINA.

Ce temps-là est passé, monsieur, et je ne pense pas que ce soit pour en parler que vous êtes venu...

MARTIN.

C'est du moins pour parler de la personne sous le souvenir de laquelle je comptais m'abriter.

RÉGINA.

Que voulez-vous dire ?

MARTIN.

Claude Gérard et moi, nous savions que vous aviez pieusement obéi aux ordres de votre mère en faisant sceller sous une pierre dans l'oratoire un coffret auquel elle attachait le plus grand prix.

RÉGINA.

Eh bien ! ce coffret...

MARTIN.

Le jour de votre dernière visite, avant de m'éloigner aussi et à jamais des lieux où j'ai eu tous les jours heureux de ma vie, j'ai voulu revoir cet oratoire que vous veniez de quitter... un étranger... un sacrilége s'y était introduit.

RÉGINA.

O mon Dieu !

MARTIN.

Il venait de violer le secret des morts, et déjà il emportait la cassette... je l'ai frappé... il a pu fuir, mais du moins il a été forcé d'abandonner ce qui était confié à notre garde...

RÉGINA.

Et ces papiers, vous les avez lus ?

MARTIN, *lui présentant la cassette.*

Ah ! mademoiselle, c'est trop de mépris... Ce coffret...

RÉGINA.

Vous me l'apportez ?... mais vous saviez que ce coffret, avec des papiers, renferme des objets précieux ?...

MARTIN.

Je le savais...

RÉGINA.

Et... est-il vrai que vous soyez voisin de la gêne?...

MARTIN.

Cela est vrai, mademoiselle.

RÉGINA.

Et vous gardiez ce coffret?...

MARTIN.

Jusqu'au jour où je pourrais vous trouver... Je vous ai vue il y a deux jours... Je suis libre depuis une heure... me voici...

RÉGINA.

Ah! pardon, monsieur Martin, pardon... j'ai soupçonné votre loyauté... j'ai partagé la prévention... pardon, pardon!...

MARTIN.

Et maintenant, vous me rendez votre estime, votre intérêt!... merci, merci!... Je ne vais donc plus être seul au monde!...

## SCENE VIII.

LES MÊMES, SCIPION*.

SCIPION.

Parbleu, ma belle cousine, ce que vient de me dire mon père vaut bien un remercîment.

RÉGINA, *montrant Martin.*

Monsieur!...

SCIPION.

Tiens, il y a un homme... je ne le voyais pas.

RÉGINA, *à part.*

J'aurais bien mieux aimé qu'il ne vînt pas; je ne lui avais pas encore fait assez d'excuses.

SCIPION, *qui a lorgné Martin.*

Mais attendez donc, je crois vous reconnaître; c'est vous que j'ai vu il y a deux jours, chez la Fressure.

MARTIN.

Oui, monsieur.

SCIPION.

C'est on ne peut mieux. Eh bien! vous annoncerez au vieux coquin mon mariage avec Mademoiselle Régina de Noirlieu.

MARTIN, *à part.*

O ciel!

RÉGINA, *à part.*

Pourquoi ces paroles me font elles tant de mal?

SCIPION, *à part.*

Bête de pari qui m'a enlevé mes cent louis... Heureusement ce qui n'a pu servir le matin peut servir le soir. (*Il tire la boîte du bracelet de sa poche; haut.*) Ma cousine, permettez-moi de vous

* Régina, Scipion, Martin.

offrir... * Que mon père dise encore que je n'ai pas l'esprit d'économie!

MARTIN, *à part.*

Ah! l'ai-je donc vue pour la dernière fois!... (*Haut.*) Mademoiselle.

SCIPION.

Eh bien, que voulez-vous encore? Allez où je vous ai dit... allez donc...

RÉGINA, *ouvrant l'écrin.*

Qu'ai-je vu?

SCIPION.

Eh bien, ma jolie cousine. (*Martin sort, Régina prend un papier dans l'écrin et lit :* A qui se vend! *quand Scipion, qui a suivi des yeux Martin, se retourne vers elle et va s'avancer, elle a posé la boîte sur la table, la lui montre du doigt, et se retire pâle et tremblante, mais sans dire un mot.*)

SCIPION, *seul.*

Ah ça! que se passe-t-il donc ici! Régina est interdite et reçoit à peine mes remerciements, ce drôle qui dit un ô ciel! que j'ai parfaitement entendu, cette détermination subite, ce consentement impromptu... Puis cette froideur, cette retraite précipitée... Pourquoi me montrait-elle mon bracelet?... Un papier dans la boîte... (*Il lit.*) A qui se vend!... Diabolique Basquine! qui renverse tout... Ma cousine consentait... je n'étais plus obligé de l'amener à ce mariage de force... J'abandonnais des plans bien conçus, mais difficiles... et cette Basquine à qui je préparais un triomphe, elle sera venue... elle aura parlé... Juste ment voici son bulletin de théâtre... Croit-elle donc que je me laisserai jouer ainsi?... oh! je me vengerai. (*Un domestique entre.*) Que me veut-on?

LE DOMESTIQUE **.

Il y a là un marchand de chiens qui dit avoir affaire à Monsieur le Vicomte.

SCIPION.

Un marchand de chiens?

LE DOMESTIQUE.

Oui, monsieur le Vicomte.

SCIPION.

Qu'il s'en aille au diable!

LE DOMESTIQUE.

C'est ce que je disais à ce maître Léonidas. (*Il veut se retirer.*)

SCIPION, *l'arrêtant.*

Léonidas, dis-tu?

* Régina, Martin, Scipion.
** Scipion, le Domestique.

LE DOMESTIQUE.

Oui, monsieur le Vicomte.

SCIPION.

C'est autre chose, qu'il entre.

LE DOMESTIQUE.

Le voici.

## SCÈNE IX.

### LÉONIDAS, SCIPION *.

SCIPION.

Drôle, te voilà enfin?

LÉONIDAS.

Jugez de mon empressement.

SCIPION.

Pourquoi cet accoutrement?

LÉONIDAS.

Vous m'avez recommandé tantôt... d'ailleurs comme cela je ne perds pas de temps. (*Tirant la queue du chien, qu'il a sur ses bras et qu'il fait crier.*) J'étudie... J'étudie...

SCIPION.

Imbécille!... Mon argent, j'en ai plus besoin que jamais...

LÉONIDAS.

Le voici...

SCIPION, *comptant les billets.*

Comment, mille louis au lieu de deux mille!

LÉONIDAS.

Il a fallu se donner bien de la peine pour réaliser tout cela... D'ailleurs, il vous reste encore quelque chose à négocier.

SCIPION.

Combien?

LÉONIDAS.

La traite sur Abd-el-Kader; la banque de France a répondu qu'elle l'accepterait quand on serait tout à fait d'accord avec lui.

SCIPION.

Vous êtes de grands fripons, mais j'ai encore besoin de vous...

LÉONIDAS.

Ah! oui, ce soir aux Funambules, les bouquets, les fleurs.

SCIPION.

Des bouquets! des fleurs! un succès!... Non pas. Amène-moi avec toi une vingtaine de vauriens de ton espèce...

LÉONIDAS.

A Paris, tout se trouve...

SCIPION.

Qui feront exactement ce qu'on leur dira.

* Scipion, Léonidas.

LÉONIDAS.

Des moutons de docilité.

SCIPION.

Et puis là, en l'honneur de Basquine, un orage, un vacarme, un charivari, un tohu bohu !

LÉONIDAS.

Ah bah ! ce n'est plus pour...

SCIPION.

Sifflez !... criez... huez... tempêtez... et je serai là pour vous soutenir. (*Il sort.*)

LÉONIDAS, *à ses chiens.*

Allons, mes bichons, puisqu'il s'agit de cris et de vacarme, nousne nous séparerons pas.

---

## CINQUIÈME TABLEAU.

Le théâtre représente la chambre de Basquise dans la maison de la Levrasse. Tout y annonce la misère, sans que cependant elle ait rien de repoussant ; sur une table, tout ce qu'il faut pour écrire ; dans le fond, une porte, une autre à droite. Au lever du rideau, Basquine lit une lettre ; un domestique à la livrée de Régina attend dans le fond.

### SCÈNE I.

BASQUINE, UN DOMESTIQUE.

BASQUINE, *écrivant en parlant*

« Mademoiselle, j'ai été outrageusement sifflée, et n'ai même » pu parvenir à me faire entendre. Je ne puis vous donner » des détails, je me sens tant d'amertume dans le cœur, que je » serais probablement injuste. Vous êtes bonne, et moi, je suis » malheureuse... Vous avez du cœur, j'aurai du courage... Tantôt, quand la première émotion sera passée, j'irai vous voir, » bon ange de consolation. » (*Elle cachète le billet et le remet au domestique.*) Remettez ce billet, je vous prie, à Mlle de Noirlieu. (*Le Domestique sort. Elle se promène avec une vivacité énergique.*) Pour un pareil misérable quelle différence y a-t-il donc entre l'amour et la haine !... Mais ce n'est pas comme ça que j'aime, moi... Hier, après cinq ans !... au milieu de mon désespoir, j'ai cru entendre une voix, et j'ai frissonné tout entière, et un moment j'ai oublié...

### SCÈNE II.

BASQUINE, LÉONIDAS.

BASQUINE, *à Léonidas qui entre.*

Que voulez-vous ?... que venez-vous faire ici ?

LÉONIDAS.

Je viens savoir de vos nouvelles, ma pauvre demoiselle Basquine.

BASQUINE.

Pourquoi ce matin ?

LÉONIDAS.

A cause d'hier soir.

BASQUINE.

Vous y étiez ?...

LÉONIDAS.

Oui... Saperlotte ! quel bruit ils ont fait !...

BASQUINE.

Puisque vous y étiez, avez-vous reconnu une voix qui, un moment, a dominé toutes les autres ?...

LÉONIDAS.

Au moment où vous vous êtes évanouie !

BASQUINE.

Oui, j'ai cru reconnaître...

LÉONIDAS.

Vous ne vous êtes pas trompée.

BASQUINE.

C'était lui !...

LÉONIDAS.

Vous allez être bien contente, s'il vient vous voir.

BASQUINE, *à part.*

Le voir !... Lutter à la fois contre la haine des hommes et contre son amour... (*Haut.*) S'il vient, tu lui diras que je n'y suis pas, que j'ai quitté ce logement...

LÉONIDAS, *à part.*

Ça me rassure un peu. (*Haut.*) Mais dites donc, je ne mentirais pas trop.

BASQUINE.

Comment ?

LÉONIDAS.

Imaginez-vous, mon pauvre bourgeois, depuis qu'il est atteint de son éternument, il devient mollasse, mollasse !... il n'a pas plus de défense qu'un enfant... Ce matin, le Vicomte lui a fait dire de vous renvoyer de ce logement que vous occupez.

BASQUINE.

Encore !...

LÉONIDAS.

Et comme votre début a manqué et que le bourgeois a flairé que vous ne pourriez pas le payer longtemps, il m'a dit avec son geste habituel : Mon enfant, va dire à Basquine que le gouvernement m'a retenu son logement pour un prince osage qui vient voir le pont Neuf.

BASQUINE.

Il me chasse parce qu'il me sait sans ressource, cela devait être... Quand le malheur souffle, il pleut des injures.

LÉONIDAS.

Mais le Comte vous offre...

BASQUINE, *le regardant avec un souverain mépris.*

Vice en guenilles aux gages du vice doré !

DURIVEAU, *ouvrant la porte du fond*.*

Mademoiselle Basquine ?

BASQUINE.

C'est moi, monsieur.

DURIVEAU.

Je désirerais, mademoiselle, vous entretenir quelques instants.

BASQUINE, *à Léonidas.*

Sortez !...

LÉONIDAS, *à part, en s'en allant.*

Qu'est-ce qu'il peut venir faire ici ?

## SCÈNE III.

BASQUINE, DURIVEAU.

BASQUINE.

Qui ai-je l'honneur de recevoir chez moi ?

DURIVEAU.

Le comte Duriveau !... (*Basquine le regarde un instant et va rapidement prendre son schall. Duriveau, voyant son mouvement se hâte d'ajouter* :) Le tuteur de mademoiselle Régina de Noirlieu.

BASQUINE, *s'arrête et repose son schall.*

Le tuteur de mademoiselle Régina? parlez, monsieur.

DURIVEAU.

Mon nom a suffi sans doute pour vous faire connaître l'objet de ma démarche.

BASQUINE.

En aucune façon, monsieur.

DURIVEAU.

Je m'expliquerai donc, mademoiselle ; je connais la passion que mon fils a pour vous.

BASQUINE.

Une passion !...

DURIVEAU.

Dans d'autres circonstances je l'aurais laissé éclater et s'éteindre, mais il est sur le point de contracter un mariage avec une riche héritière...

* Basquine, Duriveau, Léonidas.

BASQUINE.

Il y a de riches héritières bien à plaindre, monsieur le Comte.

DURIVEAU.

Et ne plaignez-vous pas le père de famille qui voit ses plus chers projets près d'être renversés parce que son fils, égaré par un fol amour, irrité par d'habiles refus...

BASQUINE, *avec éclat.*

Monsieur le Comte !... (*Duriveau la regarde avec étonnement, elle reprend d'un ton pénétré.*) Dites-moi, je vous prie, si cette démarche et ces paroles vous ont été inspirées par mademoiselle Régina...

DURIVEAU.

Je dois avouer que non, et l'éloge qu'elle m'a fait de vous...

BASQUINE, *avec soulagement.*

Vous pouvez continuer, monsieur le comte, vous venez de me donner de la force contre le mal que vous allez encore me faire.

DURIVEAU.

Pardon, si vos paroles amères ont provoqué de ma part un peu de vivacité, je ne suis pas venu dans des intentions hostiles, je voulais vous éclairer... Mon fils vous a peut-être fait concevoir des espérances qui ne pourraient se réaliser.

BASQUINE, *moitié à part et d'une voix étouffée.*

Le malheur souffle !...

DURIVEAU, *sans l'entendre.*

Sa fortune est complètement dissipée, je puis vous le prouver, et cette preuve rendra sans doute plus facile l'éloignement que je viens vous demander.

BASQUINE, *même jeu.*

Le malheur souffle !...

DURIVEAU, *même jeu.*

Je comprends cependant que si vous consentiez à rendre service à une famille en quittant Paris... cette famille devrait vous aider à accomplir ce sacrifice... Vous fixerez vous-même la somme. (*Bruit dehors.*)

BAMBOCHE, *en dehors.*

Je te dis que j'entrerai.

LÉONIDAS, *en dehors.*

Mais puisque je vous dis...

DURIVEAU.

Quel est ce bruit?

BASQUINE.

Ah! il était temps! monsieur le Comte! il était temps! (*Elle éclate en sanglots; la porte s'est ouverte, on a vu Bamboche repousser rudement Léonidas qui voulait l'empêcher d'entrer; il se précipite dans la chambre.*)

## SCÈNE IV.

BASQUINE, BAMBOCHE, DURIVEAU *.

BAMBOCHE, *courant à Basquine, sans voir Duriveau.*

Basquine !... ma chère Basquine ! (*Elle est prête à s'évanouir, il la soutient.*) C'est toi !... c'est bien toi !... après cinq ans d'absence !... Tu pleures, tu sanglottes !... à cause d'hier, peut-être ?

BASQUINE, *se ranimant.*

Hier !... Tu étais là, hier ?

BAMBOCHE.

Oui, j'y étais !

BASQUINE.

Eh bien ! là, devant monsieur...

BAMBOCHE.

Tiens ! je ne l'avais pas vu, ce monsieur.

BASQUINE.

Raconte ce qui s'est passé... dis tout, je le veux... je t'en prie.

BAMBOCHE.

Pourquoi donc que je ne dirais pas tout ? voilà ! Hier, c'était la fin des cinq jaunets du père la Fressure... j'avais bien dîné... j'étais sur le boulevard avec un cure-dent... bon genre... je me tâte le gousset, il n'y avait pas de quoi prendre une stalle à l'Opéra... et puis on y chante trop... J'étais en face des Funambules... voilà mon affaire... plaisir moins ennuyeux, à meilleur marché... et je m'y connais un peu... ça se rapproche de mon premier métier... J'entre, et je m'amuse bien jusqu'à neuf heures... des pommes, de la bière et Pierrot... il y avait de quoi... c'est-à-dire, je me serais bien amusé, si dans une loge d'avant-scène, il n'y avait pas eu quatre jeunes gens avec des mains beurre frais qui avaient l'air d'avoir pitié de notre plaisir, qui riaient tout haut quand la pièce nous donnait envie de pleurer, et bâillaient encore plus haut quand nous nous mettions à rire. Il n'y a rien d'embêtant comme d'être contrarié dans ses sentiments au spectacle... Aussi, avec quelques vrais amateurs, nous avions plus d'une fois déjà crié après eux : A la porte ! à la porte ! Dans l'entr'acte, je sors pour faire une nouvelle provision de pommes, pas tant pour moi que pour la loge aux farauds... Quand je rentre, j'entends dans le corridor que les uns sifflaient, que d'autres applaudissaient... la grande pièce, *la Fée d'argent*, était commencée, et c'était après la débutante qu'on en avait... Je rentre, je m'assieds... on criait : Bravo ! on criait : A bas ! on criait : Laissez-la donc parler !... Pendant ce temps-là, j'avais distribué mon demi-quarteron à mes voisins... je regarde... je regarde encore... je jure de surprise ! dans le tintamarre on ne

* Basquine, Bamboche, Duriveau.

m'entend pas... C'est elle! que je disais... C'est bien elle!... Et ceux d'alentour me demandaient : Qui, elle? Pendant que les sifflets et les huées allaient de plus belle, surtout du côté de la loge, où le plus jeune des farauds mettait ses mains de chaque côté de sa bouche pour faire plus de bruit en criant... l'actrice interdite essayait de parler, s'avançait... reculait... Sac.. cette fois-là tout le monde m'entend... Laissez-lui jouer son rôle, tas de gamins! J'avais des crispations dans tous les membres et de la sueur dans les cheveux. Tout à coup, je vois mon gredin de la loge qui jette quelque chose sur la scène. La pauvre enfant fait un pas... un pois fulminant éclate... un second pas... un second pois fulminant... On rit... on hurle, et la loge plus fort que tous... Je me lève... je me penche sur la galerie, haletant, furieux... la petite s'est avancée vers la rampe, et avec tant de résolution, que tout le monde se tait... même moi... Elle est pâle, ses lèvres tremblent, mais sa voix est ferme et sonore... Elle lève la main vers la loge, et son doigt désigne le plus acharné des quatre... on aurait entendu voler une mouche : On m'applaudirait autant qu'on me siffle, dit-elle, si j'avais voulu être la maîtresse de monsieur... En finissant de parler, elle tombe le bras toujours étendu... Ce n'est plus une salle... c'est un sabbat de tonnerres... mais avant tout, j'ai crié à la pauvre enfant qui succombe : Basquine, me voilà! J'ai sauté dans le parterre, j'ai marché sur les têtes, sur les dos, dans l'orchestre, j'ai pris la première chose que j'ai trouvée... un musicien avec sa contrebasse : j'ai fait du musicien un marchepied, de la contrebasse un marteau, et j'ai tapé avec sur la loge et son contenu. Je voulais aller à toi, ma pauvre Basquine! mais, bah! un commissaire, deux sergents de ville, trois gardes municipaux, je suis empoigné, et avec le restant de ma contrebasse, on me fourre au violon. Ce matin, le brave commissaire m'a mis à la porte, j'ai couru, j'ai cherché, j'ai su où tu étais, et je suis venu pour te dire que je t'aime, et pour te demander s'il faut que je le tue?

BASQUINE.

Cet homme, tu le connais?

BAMBOCHE.

Je le crois bien, de sa qualité, ça se nomme un gredin à rouer de coups, et de son nom ça s'appelle Scipion Duriveau.

DURIVEAU.

Mon fils!

BAMBOCHE.

Votre fils! Ma foi, je ne m'en dédis pas... et ma canne est à son service.

BASQUINE.

Mon ami!... (*Silence.*)

DURIVEAU.

Je suis confondu, anéanti... j'étais venu presque pour ordonner, je ne puis que prier, demander surtout le silence, que le monde, que Régina surtout ignore...

BASQUINE.

Pourquoi, mademoiselle Régina?

DURIVEAU.

C'est elle qu'il devait épouser.

BASQUINE.

Elle! ce bon ange, si pur et si doux *!... Ce mariage ne se fera pas, monsieur le comte.

DURIVEAU.

Que dites-vous?

BASQUINE.

Je n'ai pas besoin de mettre votre fils au pilori et je puis me taire avec des étrangers, mais laisser mademoiselle Régina tomber aux mains d'un pareil homme, savoir qu'elle livre honneur et bonheur à sa merci, non, je ne le souffrirai pas... J'irai la trouver, je lui dirai tout... Si vous me fermez les portes de votre hôtel, je l'attendrai dans la rue, je l'attendrai dans l'église, et quand le prêtre demandera si quelqu'un connaît un obstacle à ce mariage je m'élancerai, je m'écrierai: Moi! je m'y oppose, parce que cette fille est un ange; parce que cet homme est un infâme!

BAMBOCHE, *avec joie et admiration.*

Hein! comme c'est elle! comme c'est ma Basquine! Qu'en dites-vous, monsieur le Comte?

DURIVEAU, *avec noblesse.*

Je dis, monsieur, que je m'étonne, que j'admire, et que je suis honteux de ma démarche... Mademoiselle, oubliez ce que j'ai pu vous dire au commencement de cette entrevue; je vous en demande pardon; je vous quitte le cœur navré de douleur, mais soyez persuadée que je saurai remplir le devoir rigoureux qui m'est imposé... Encore une fois pardon... (*Il salue et se retire.*)

## SCENE V.

BASQUINE, BAMBOCHE.

BAMBOCHE.

Je lui pardonne, moi, surtout parce qu'il s'en va... Basquine... ma Basquine, que je te voie... que je te regarde.

BASQUINE.

Oui, c'est bien moi... toujours frappée... toujours me redressant sous les coups que l'on me donne, et toi, toujours accourant au moment où j'ai besoin de toi.

BAMBOCHE.

Est-ce que tu en doutais? Est-ce que tu ne te souviens pas que

* Bamboche, Basquine, Duriveau.

j'ai là en rouge sur mon bras droit, deux mains, et écrit au dessous : Martin et Bamboche à la vie, à la mort... Et là sur mon bras gauche en bleu, deux cœurs, et au-dessous: Bamboche et Basquine pour la vie ! Et tout cela est bien autrement tatoué là... (*se frappant sur le cœur*); pour celui de vous deux qui le voudra le premier, je me fais tuer, mais là sans barguigner, tu le sais, tu le sais bien, n'est-ce pas ?

BASQUINE.

Oui, frère !

BAMBOCHE.

Ah ! plus de frère, ne commençons pas comme il y a cinq ans, sois ma femme, ma femme chérie.

BASQUINE.

Non, mon ami...

BAMBOCHE.

Non ? non ?... Basquine, est-ce que tu en aimes un autre ?... Est-ce que depuis ces cinq ans...

BASQUINE.

Bamboche, étais-je libre... t'avais-je rien promis ?

BAMBOCHE.

C'est vrai, mais mille noms !...

BASQUINE.

J'aurais donc pu aimer un homme laborieux, rangé, dévoué comme toi...

BAMBOCHE.

Comme moi... oui... cherche...

BASQUINE.

Je ne l'ai pas fait, et mon cœur est comme lorsque je t'ai quitté.

BAMBOCHE.

Ton cœur, tu n'en n'as pas.

BASQUINE.

Bamboche !

BAMBOCHE.

Non, tu n'as pas de cœur, pas pour moi, du moins...

BASQUINE.

Pauvre ami, qui ne comprend pas...

BAMBOCHE.

Qu'est-ce qui te dit que je ne comprends pas... C'est bien difficile, n'est-ce pas, d'être laborieux, rangé, calme, patient?... Tu ne me réponds pas ? Mille millions de tonnerres !... (*Il casse une chaise.*) Que je suis donc malheureux !

BASQUINE.

Bamboche ! voilà des morceaux qui répondent pour moi. (*Bamboche reste honteux et consterné, Claude Gérard paraît à la porte du fond.*)

## SCÈNE VI.

LES MÊMES, CLAUDE GÉRARD *.

CLAUDE GÉRARD.

Mademoiselle Basquine!

BASQUINE.

Est-ce encore un malheur, une insulte ?...

BAMBOCHE.

Bon! quelqu'un, maintenant... (*Il se retire de quelques pas.*)

CLAUDE GÉRARD.

Mademoiselle, après de bien longues recherches, quelques renseignements m'ont amené jusqu'à vous.

BASQUINE.

Parlez vite, monsieur...

BAMBOCHE, *qui l'écoute.*

Cette voix!

CLAUDE GÉRARD.

Me permettrez-vous de vous adresser quelques questions ?

BAMBOCHE, *qui s'est approché et l'a regardé.*

Je ne me trompe pas, c'est vous, c'est monsieur Claude Gérard.

CLAUDE GÉRARD.

Monsieur Bamboche!

BASQUINE.

Basquine, prends cette main-là, je ne quitte pas l'autre, tiens, vois-tu, voilà un brave homme!... Tu sais quand nous avons volé, c'est lui qui a arrêté Martin, il ne l'a pas livré à la justice, il ne l'a pas châtié, il l'a gardé avec lui, il l'a nourri de la moitié de son pain noir, il en a fait un fameux homme.

BASQUINE.

Vous avez sauvé et gardé notre frère, notre bon frère... et où est-il ?

CLAUDE GÉRARD, *à Bamboche.*

Vous ne l'avez pas revu ?

BAMBOCHE.

Vous me l'avez défendu... Est-ce qu'il est à Paris ?

CLAUDE GÉRARD.

Il doit y être, mais je sais où j'aurai de ses nouvelles.

BASQUINE.

Nous le verrons?

BAMBOCHE.

Nous nous embrasserons tous les trois là sous vos yeux?

CLAUDE GÉRARD.

Oui, mes enfants, oui, ce jour viendra.

BASQUINE.

Vous me cherchiez donc ?

* Basquine, Claude Gérard, Bamboche.

CLAUDE GÉRARD

Sans vous connaître, et je serai doublement heureux si on ne m'a pas trompé !

BAMBOCHE.

Sur quoi ?

CLAUDE GÉRARD.

Il y a quelque temps... cédant à la plus généreuse compassion, vous avez recueilli chez vous une pauvre femme, à peu près privée de raison... vous avez eu pour elle les soins de la plus tendre des filles... Est-ce vrai ?...

BASQUINE.

Oui, monsieur !

CLAUDE GÉRARD.

Mon cœur se serre... j'ose à peine vous interroger...

BASQUINE.

Cette émotion...

CLAUDE GÉRARD.

Tout ce qu'il y a de plus chaud et de meilleur dans vos trois amitiés... je le sens pour cette infortunée... si c'est elle...

BAMBOCHE.

Basquine... tâche que ce soit elle... pour ce brave homme.

CLAUDE GÉRARD.

Savez-vous son nom ?...

BASQUINE.

Elle refuse obstinément de le dire.

CLAUDE GIRARD.

Il faudra donc que je la voie... et si le temps, la misère...

BASQUINE.

Attendez... hier, dans un moment de vive émotion, elle a parlé d'elle-même, je crois, et prononcé un nom...

CLAUDE GÉRARD, *avec vivacité.*

Perrine ?

BASQUINE.

Oui, Perrine !

CLAUDE GÉRARD.

Elle ! mon Dieu ! elle ! après vingt-cinq ans ! sauvée par vous !

BAMBOCHE.

Allons, mon brave homme, un peu de courage !

CLAUDE GÉRARD.

Perrine ! Perrine ! s'il n'y a pas de danger pour elle, conduisez-moi... soyez tranquille, elle ne me reconnaîtra pas.

BASQUINE.

Depuis trois jours, elle n'est plus ici.

CLAUDE GÉRARD.

Comment ?

BASQUINE.

Je n'ai pu avoir que l'intention de cette action que vous trouvez généreuse... elle a été accomplie par une jeune demoiselle, aussi bonne que belle.

CLAUDE GÉRARD.

Et cette demoiselle, son nom?

BASQUINE.

Mademoiselle Régina...

CLAUDE GÉRARD.

Régina de Noirlieu?

BASQUINE.

Vous la connaissez, monsieur?

CLAUDE GÉRARD.

Oui, oui, je la connais assez, mon enfant pour que ce que vous m'apprenez d'elle ne me surprenne pas... Je vais aller la trouver... indiquez-moi...

BASQUINE.

Rue Saint-Dominique, hôtel de M. le comte Duriveau.

CLAUDE GÉRARD.

Monsieur le comte Duriveau, dites-vous?

BASQUINE.

C'est le tuteur de mademoiselle Régina.

CLAUDE GÉRARD.

Lui! Et Perrine est dans sa maison?

BASQUINE.

Non... Mademoiselle Régina l'a fait placer dans une maison de santé.

CLAUDE GÉRARD.

A Paris?

BASQUINE.

Oui, monsieur, chez le docteur Duval, rue de Vaugirard.

CLAUDE GÉRARD.

Mes amis, de puissantes raisons m'empêchent de me présenter à l'hôtel du comte Duriveau, et cependant, je voudrais voir mademoiselle Régina, qui seule peut me donner des nouvelles de... je voudrais un moyen...

BASQUINE.

Rien de plus simple, j'irai voir mademoiselle Régina, tout à l'heure, je lui dirai que je vous ai vu, que vous désirez lui parler que vous êtes allé voir sa protégée...

CLAUDE GÉRARD.

Si elle pouvait venir la voir aussi, ce soir à huit heures... j'y serais...

BASQUINE.

Votre commission sera faite... soyez tranquille, et je suis certaine que mademoiselle Régina, sera exacte...

CLAUDE GÉRARD.

Merci, ma chère enfant! Vous aussi, monsieur Bamboche, je vous dirai merci, si vous pouvez me guider dans Paris que je ne connais pas ; je vous devrai à tous deux un des plus beaux jours de ma vie...

BASQUINE *.

Bamboche, rends-moi donc en même temps un service, cherche-moi une chambre.

BAMBOCHE.

Tu t'en vas d'ici ?

BASQUINE.

On m'a donné mon congé, (*en riant*) pour n'avoir pas réussi hier.

BAMBOCHE.

Tu n'as pas d'argent, peut-être ?

BASQUINE.

Non...

BAMBOCHE.

Gredin ! d'avoir tout dépensé hier... sois tranquille, il faudra bien que j'en gagne ou mille tonnerres !...

## SCÈNE VII.

LES MÊMES, LÉONIDAS **.

LÉONIDAS, *entrant.*

Mademoiselle Basquine.

BAMBOCHE, *le saisissant.*

Bon ! je vais pouvoir passer ma colère sur quelqu'un...

LÉONIDAS, *se débattant.*

Pourquoi donc ? pourquoi donc ?

BAMBOCHE.

Parce que je t'ai vu là-bas hier soir... parce que tu sifflais !

LÉONIDAS.

Je sifflais, c'est vrai, mais je sifflais la cabale.

BAMBOCHE.

Garnement, va.

BASQUINE, *l'arrêtant.*

Mon ami, le mépris seul...

BAMBOCHE, *à Basquine.*

Tu le veux !... (*A Léonidas.*) Je te donne tout mon mépris. (*Il lui lance un grand coup de pied. Claude Gérard et Bambohce sortent.*) ***.

LÉONIDAS.

Je l'accepte, le mépris, je le réclame ; il a les poings moins durs et moins de clous à ses bottes.

BASQUINE ; *elle a pris son châle et s'apprête à sortir.*

Hâtons-nous de remplir la promesse que j'ai faite à ce bon Claude Gérard.

* Basquine, Bamboche, Claude Gérard.

** Basquine, Claude Gérard, Bamboche, Léonidas.

*** Basquine, Léonidas.

LÉONIDAS, *qui s'est approché d'elle pendant ses apprêts.*

Le vicomte Scipion...

BASQUINE, *s'arrêtant, à elle-même.*

Je l'avais oublié!... Aller dans cette maison où je puis le rencontrer, où son père saura que je suis venu! J'ai eu tort, je ne dois pas m'y présenter. (*Allant à la table.*) Je puis du moins écrire et lui envoyer...

LÉONIDAS.

Il n'y a pas moyen de lui parler. (*Plus haut.*) Mademoiselle Basquine, le vicomte Scipion est en bas.

BASQUINE, *à mi-voix.*

Encore! Ah! je saurai bien lui échapper...

LÉONIDAS.

Il voudrait vous présenter ses excuses.

BASQUINE, *avec indifférence* *.

Eh bien! laisse-le monter. Mais attends, veux-tu gagner une bonne commission? Va rue Saint-Dominique, hôtel du comte Duriveau; tu demanderas mademoiselle Régina, et tu lui remettras cette lettre.

LÉONIDAS.

Ça sera fait!

BASQUINE.

Maintenant, attends un moment ici. (*Elle entre par la porte à droite.*)

## SCÈNE VIII.

### SCIPION, LÉONIDAS, *puis* LA LEVRASSE *.

SCIPION, *à la porte du fond, à voix basse.*

Est-ce qu'elle n'est pas là?

LÉONIDAS.

Elle va revenir.

SCIPION, *voyant la lettre.*

Cette lettre serait-elle pour moi?

LÉONIDAS.

Non, pour mademoiselle Régina.

SCIPION.

C'est singulier! Mais elle tarde bien... (*Il va à la porte de droite.*) Basquine!... Elle ne répond pas... Basquine. (*Il essaye d'entrer.*)

LA LEVRASSE **.

Basquine? Oui, tâchez de la rattraper. Je viens de la rencontrer en bas.

Léonidas, Basquine.

* Léonidas, Scipion, la Levrasse.

*** Léonidas, la Levrasse, Scipion.

SCIPION.

Elle est sortie par l'autre porte ?

LA LEVRASSE.

Je montais ; elle descendait rapidement ; elle m'a poussé de côté, et elle a filé... Il n'y a pas grand mal, car maintenant vous allez la laisser là... Grâce au ciel ! votre mariage est résolu.

SCIPION.

Tu es arriéré, Moïse ; tout est rompu.

LA LEVRASSE.

Ah ! mon Dieu !

LÉONIDAS.

Monsieur le Vicomte, épargnez-lui les émotions ; elles lui portent sur les fosses nasales.

LA LEVRASSE.

Et ma créance ?

SCIPION.

Perdue, si tu ne secondes pas mes projets... Et d'abord, cette lettre... (*Il la prend des mains de Léonidas et lit à mi-voix :*) Régina ira chez le docteur Duval ce soir à huit heures... C'est encore mieux que ce que j'avais imaginé d'abord.

LA LEVRASSE.

Parlez, pour être payé que faut-il faire ?

SCIPION, *à Léonidas, en lui rendant la lettre.*

D'abord, porter cette lettre à son adresse, et demander une réponse.

LÉONIDAS.

J'y vais aller.

SCIPION, *à Lalevrasse.*

Il faut un écrivain habile en toutes sortes d'écritures.

LALEVRASSE, *mettant la main sur Léonidas.*

Je l'ai !

SCIPION.

Me procurer un homme résolu, vigoureux.

LA LEVRASSE.

Je l'aurai.

SCIPION.

Prendre rendez-vous dans un endroit sûr où personne ne puisse nous entendre et nous interrompre.

LA LEVRASSE.

A mon garni, barrière Vaugirard, 15.

SCIPION.

A quatre heures j'y serai.

LÉONIDAS.

Nous y serons tous !

---

## SIXIÈME TABLEAU.

Le théâtre est coupé en deux ; à gauche, chambre plus grande et plus garnie de meubles ; porte au fond ; à droite, petit cabinet avec une soupente. Ameublement misérable.

### SCÈNE I.

MARTIN, *seul dans le cabinet. Il écrit et jette sa plume.*

Toujours cette pensée m'obsède... Elle me poursuit même au milieu de ce travail aride, accablant, qui du moins me donne du pain. Oh! je le savais bien, que cet amour me serait fatal... Régina se marie... C'en est fait, plus d'espoir! (*Se levant.*) De l'espoir... En ai-je jamais eu?... Cet amour n'a-t-il pas toujours été aussi fou qu'impossible? Régina se marie... Eh bien! tant mieux! je ne ferai plus malgré moi de ces rêves insensés... Ce sera la mort de ma funeste passion. Sa mort!... non, non... mieux vaut encore souffrir... et aimer... Oh! que je suis malheureux!... (*Silence.*) Allons, reprenons ce travail, dont je ne me distrais que trop souvent. (*Il écrit. On frappe.*) Qui vient à cette heure? Entrez...

### SCÈNE II.

MARTIN, LE COCHER.

LE COCHER.

Pardon, excuse, monsieur Martin.

MARTIN.

Ah! c'est vous, mon brave Jérôme?

LE COCHER.

Oui, monsieur Martin. Je venais voir si vous aviez eu le temps de m'établir mon compte avec mon maître, car, parlant par respect, comme je ne sais ni lire ni écrire, vous êtes bien bon de faire cela pour moi... et gratis, encore... puisque vous ne voulez rien pour ça. .

MARTIN.

Votre digne femme, lors de ma maladie, n'a-t-elle pas eu pour moi qu'elle ne connaissait pas les soins d'une mère?

JÉROME.

Dam! monsieur Martin, on loge dans le même garni... on est porte à porte, c'est tout simple qu'on s'entr'aide... on n'est pas moins bon enfant rue de Vaugirard qu'ailleurs...

MARTIN.

Oui, cela est tout simple, pour de bons cœurs comme le vôtre. Je vais sur-le-champ établir votre compte.

LE COCHER.

Ça ne presse pas, monsieur Martin, je reviendrai demain...

MARTIN.

Non, non, revenez dans une heure, tout sera prêt.

LE COCHER.

Alors, puisque vous le voulez, je reviendrai, monsieur Martin... mais, pour l'amour de Dieu ! prenez un peu de repos... On ne voit que votre lampe brûler toute la nuit... Au revoir, monsieur Martin ! (*Il sort.*)

MARTIN.

Pauvre homme ! il a raison, le sommeil me ferait du bien... car le sommeil c'est l'oubli... et puis je le sens, ces veilles continuelles, jointes à l'agitation où je vis, embrasent mon sang... ma tête est en feu... Et pourtant, sans ce travail acharné, je ne gagnerais pas le pain de chaque jour... Allons, pas de faiblesse ! du courage ! !..... Rappelons-nous les conseils, les exemples de Claude Gérard. (*Il se remet à sa table.*) Mais non, la fatigue me gagne... malgré moi mes yeux se ferment... Allons, quelques instants de repos me donneront peut-être de nouvelles forces.... (*Il se couche dans sa soupente.*)

## SCENE III.

Dans la chambre à gauche.

LÉONIDAS, LA LEVRASSE, *puis* SCIPION.

LA LEVRASSE, *à Léonidas.*

Tu as bien recommandé au portier de conduire ici le vicomte Scipion, dès qu'il arrivera?

LÉONIDAS, *légèrement.*

Mais oui, mais oui... à la fin vous êtes sciant!

LA LEVRASSE.

Ah ! ça, drôle... sais-tu que tu deviens très-irrespectueux, et que tu auras affaire à moi ?...

LÉONIDAS.

Père la Levrasse, en serviteur fidèle, je suis joyeux de vous déclarer que votre infirmité commence à vous abrutir.

LA LEVRASSE.

Quelle audace !

LÉONIDAS.

Oui, à force d'éternuer... ça vous aura détraqué quelque chose dans la cervelle, car vous baissez... parole d'honneur, bourgeois, vous baissez beaucoup.

LA LEVRASSE, *lui donnant un coup de pied.*

Ah ! je baisse !... Que dis-tu de celui-là ?

LÉONIDAS, *avec dédain.*

C'est pâteux, c'est mou, sans détente, sans ressort.

LA LEVRASSE.

C'est égal !... drôle, je t'apprendrai !...

## SCENE IV.

LES MÊMES, SCIPION.

SCIPION.

Dans quel affreux taudis me fais-tu venir, vieux coquin ? Le lieu me paraît parfaitement choisi pour un sabbat de sorciers.... Est-on du moins en sûreté ?... ne peut-on nous entendre ?...

LA LEVRASSE.

Non, non... soyez tranquille...

SCIPION.

Ici, c'est un mur... bon ; mais cette cloison me paraît mince... Où donne-t-elle ?

LA LEVRASSE.

Dans la chambre de chose... un pauvre diable...

SCIPION.

Mais l'on peut nous entendre...

LA LEVRASSE.

Bah ! bah !

SCIPION.

Comment ! toi, l'homme défiant par excellence, tu commets de ces imprudences ?....

LÉONIDAS, *à la Levrasse.*

Ah ! voyez-vous, bourgeois, que vous baissez... M. le Vicomte le trouve comme moi...

LA LEVRASSE, *se redressant avec autorité.*

Léonidas !... va voir si personne n'est dans la chambre voisine, et mets cette chaise en travers sur la seconde marche de l'escalier, il est noir... si quelqu'un venait nous épier, il se carambolerait dans la chaise, et le bruit nous avertirait...

SCIPION.

A la bonne heure, je te reconnais....

LA LEVRASSE, *à Léonidas, lui donnant un coup de pied superbe.*

Eh ! va donc !...

LÉONIDAS.

Ah ! parfait ! celui-là... quel nerf !... comme au meilleur temps, mais ce n'est qu'un éclair... (*Il sort.*)

SCIPION, *bas.*

Tu t'es procuré ce qu'il fallait pour écrire ?...

LA LEVRASSE.

Là, sur cette table.

SCIPION.

Très-bien !.... (*Il tire des papiers de sa poche et les examine en*

* Léonidas, la Levrasse, Scipion.

*silence. Pendant ce temps, Léonidas est entré chez Martin; il a regardé de côté et d'autre.)*

LÉONIDAS.

Personne.... bon... maintenant la chaise... (*Il sort.*)

SCIPION, *à la Levrasse.*

Pourras-tu disposer d'un homme sûr et déterminé?

LA LEVRASSE.

Ça peut se rencontrer; j'ai votre affaire...

SCIPION.

Il faudrait aussi un cocher de fiacre sur lequel on pût compter.

LA LEVRASSE.

J'en loge un ici dans mon garni.

LÉONIDAS, *rentrant**.

Personne à côté... j'ai regardé partout... personne...

SCIPION.

Mets-toi là, et copie, en imitant de ton mieux cette écriture...

LÉONIDAS.

Tiens, un passeport! (*Il écrit.*) Tiens... c'est pour un monsieur et une demoiselle. (*Il écrit.*)

LA LEVRASSE.

Vos plans sont-ils bien arrêtés?...

SCIPION.

D'abord, la lettre à Régina a été portée?

LA LEVRASSE.

Oui, monsieur le Vicomte, et mademoiselle Régina a répondu qu'elle serait chez le docteur à huit heures, ce soir.

SCIPION, *à Léonidas.*

Avances-tu?...

LÉONIDAS.

Je n'ai plus que les deux signatures... je vais les essayer à part...

SCIPION.

Mets-y tout le temps... moi, maintenant, je vais m'occuper de quelques autres détails très-urgents... (*A la Levrasse.*) Viens avec moi.

LA LEVRASSE.

Mais les papiers que copie Léonidas?...

SCIPION.

Je vais t'en expliquer l'emploi en descendant, et te dire aussi le rôle de l'homme déterminé qu'il nous faut, et que tu as, dis-tu.

LA LEVRASSE.

Je l'ai... il sera tout à l'heure ici...

SCIPION.

Raison de plus pour que je parte... je ne veux pas être vu de lui... Allons, viens... je te dirai aussi ce que devra faire le cocher.

* Léonidas, Scipion, la Levrasse.

(*A Léonidas.*) Et toi, drôle, applique-toi... fais un chef-d'œuvre de ressemblance...

LÉONIDAS.

Ce sera frappant !...

SCIPION.

La Fressure en remontant te dira l'emploi de ces papiers..... dès que tu auras fini, plie-les, afin que l'écriture ne paraisse pas fraîche... (*A la Levrasse.*) Allons, va... montre-moi le chemin de ton escalier, qui est noir comme chez le diable... (*Ils sortent.*)

LÉONIDAS.

J'aime à penser que le bourgeois va dans son abrutissement croissant, oublier la chaise qu'il m'a fait mettre en travers de la seconde marche de l'escalier. (*Il se remet à écrire ; au bout d'un intervalle, on entend un bruit diabolique dans l'escalier, puis les éclats de rire de Scipion et un immense éternuement de la Levrasse.*)

MARTIN, *réveillé en sursaut, se lève et écoute.*

Quel est ce bruit ?

LÉONIDAS.

J'en étais sûr !... le bourgeois a carambolé dans la chaise... et patatras!... S'il soutient qu'il ne baisse pas, après ça...

MARTIN.

Je n'entends plus rien... je regrette d'avoir été sitôt réveillé... Ces quelques moments de sommeil m'avaient fait tant de bien... Tâchons de me rendormir...

LÉONIDAS.

Allons, voilà qui est fait, les deux écritures se ressemblent à s'y méprendre.

## SCÈNE V.

LÉONIDAS, LA LEVRASSE, *puis* BAMBOCHE, *dans la chambre à gauche.*

LÉONIDAS *.

Dites donc, bourgeois, il ne faut pas oublier la chaise que....

LA LEVRASSE.

Il est bien temps, animal, bête, idiot !... Mais sois tranquille, je te ferai largement ton compte... Vite ces papiers, donne-moi ces papiers. Bamboche est sur mes talons...

LÉONIDAS.

Voilà les papiers... mais qu'en ferez-vous ?

LA LEVRASSE.

Tais-toi, et dis comme moi... Je vais te montrer si je baisse.

BAMBOCHE, *entrant* **.

Tu ne pouvais pas m'attendre ?... Avec ça qu'il est éclairé au gaz, ton escalier....

* Léonidas, la Levrasve.

** Léonidas, Bamboche, la Levrasse.

LA LEVRASSE.

Je te croyais plus agile, *mon garçon*... Ah! ça, *maintenant*, asseyons-nous et causons...

MARTIN.

Impossible de dormir!...

LA LEVRASSE, *à Bamboche*.

Avoue que tu fais bien des façons pour gagner cent francs.

BAMBOCHE, *à part*.

Cent francs! Pauvre Basquine, au moins, avec cent francs, elle pourrait attendre... (*Haut.*) Je fais des façons, c'est possible..... mais je veux voir clair dans ce que je fais; pour dix mille francs je ne ferais rien de mal ou de louche!

LA LEVRASSE.

Ainsi tu te défies de moi?...

BAMBOCHE.

Je crois bien...

LA LEVRASSE.

Mais puisque je te répète que...

BAMBOCHE.

C'est ça, répète-moi ce que tu me marmottais dans l'escalier, parce qu'encore une fois je veux comprendre.

LA LEVRASSE.

Voici la chose. Dans une grande famille... que je ne puis pas te nommer...

BAMBOCHE.

Ça m'est égal, ça, parce qu'il est probable que je ne suis pas de sa connaissance.

LA LEVRASSE.

Dans cette famille noble et riche... n'est-ce pas, Léonidas?....

LÉONIDAS.

Je crois bien, il y a un petit cousin qui est huissier.

BAMBOCHE.

Tu es une fichue bête, Léonidas. (*A la Levrasse.*) Continue...

LA LEVRASSE.

Dans cette famille, il y a une jeune fille charmante, qui est devenue amoureuse d'un jeune homme de rien, mais de rien du tout...

BAMBOCHE.

Et c'est pour les séparer?... Bonsoir.

LA LEVRASSE.

Attends donc, les choses entre les jeunes gens ont été très-loin, et la jeune personne est perdue.

BAMBOCHE.

Pourquoi donc?

LA LEVRASSE.

Parce que le jeune homme, qui a hérité, ne veut pas réparer par un mariage.

BAMBOCHE.

C'est un gueux... Si c'est pour taper dessus, j'en suis.

LA LEVRASSE.

Attends donc... de tout cela il est résulté que la fille séduite a perdu la tête.

BAMBOCHE.

Folle!... ah! la pauvre petite!...

MARTIN.

Allons, reprenons notre travail. (*Il revient à la table.*)

BAMBOCHE.

Après?...

LA LEVRASSE.

On l'a mise dans une maison de santé... Il devient urgent de la soustraire à tous les regards.

BAMBOCHE.

Comment faire?

LA LEVRASSE.

La famille a un très-beau château dans une terre à quarante lieues de Paris; on voudrait y transporter la jeune fille, tout se passerait en silence, sous prétexte de soigner la folie; et dans un an, si la raison revenait, la jeune personne reparaîtrait dans le monde, sans que personne se doutât de rien.

BAMBOCHE.

Ce n'est pas mal, ça... mais qu'est-ce que tu veux que j'y fasse?...

LA LEVRASSE.

Ce soir, à neuf heures, une voiture de poste l'attendra hors de la barrière, et un fiacre qui l'aura prise à la maison de santé la conduira jusque là... le difficile est de la transporter dans ce fiacre.

MARTIN, *écoutant.*

Qu'ont-ils donc à parler dans cette chambre?

BAMBOCHE.

Ça n'est pas difficile du tout, quelqu'un de la famille n'a qu'à aller...

LA LEVRASSE.

Ah! tu crois qu'une folle ça obéit aux personnes que ça connaît?... Pas du tout, il faut un étranger...

BAMBOCHE.

C'est possible!...

LA LEVRASSE.

Un étranger qui, au besoin, puisse employer la force, car elle peut résister.

MARTIN, *qui a entendu.*

Employer la force!



ROYALE

BAMBOCHE.

Tout cela est bel et bon, mais qui est-ce qui m'assurera que tout cela est vrai ?

LA LEVRASSE.

C'est juste, puisque tu n'as pas confiance en moi !... Léonidas, donne-lui les papiers !

MARTIN, *qui a entendu.*

Léonidas !...

BAMBOCHE. *Il regarde les papiers que la Levrasse lui donne.*

Un passeport ! (*Il parcourt.*) Accompagnant une personne aliénée... (*Prenant un autre papier.*) Autorisation d'enlever de gré ou de force...

MARTIN, *de même.*

Un enlèvement !...

LA LEVRASSE.

Qu'as-tu à dire à cela ?

BAMBOCHE.

Rien...

LA LEVRASSE.

Tu vois qu'il ne s'agit après tout, comme je te le disais... que de prêter main forte.

MARTIN, *écoutant.*

Main forte !...

LA LEVRASSE.

Et comme tu as le poignet solide, j'ai pensé à toi...

MARTIN.

Il me semble connaître cette voix...

BAMBOCHE.

Et il faudra aller chercher cette pauvre fille ?

LA LEVRASSE.

Chez le docteur Duval.

MARTIN.

Le docteur Duval !

BAMBOCHE.

La maison de santé, dont on voit le jardin d'ici ?

LA LEVRASSE.

Oui, il y aura un fiacre tout prêt, le n° 604.

MARTIN.

604 !... le n° de Jérôme.

LA LEVRASSE.

Allons, eh bien ! c'est convenu ?...

BAMBOCHE.

Donne-moi cent francs...

LA LEVRASSE.

Les voilà !... (*Il les lui donne.*)

LE COCHER, *entr'ouvrant la porte de Martin.*

Monsieur Martin, une fameuse aubaine !...

MARTIN.

Silence !

LA LEVRASSE.

J'ai entendu marcher et ouvrir une porte.

LÉONIDAS.

C'est chose qui rentre...

BAMBOCHE.

Qui chose ?...

LÉONIDAS.

C'est une vieille femme...

LA LEVRASSE.

Que je loge gratis... Allons, filons, et doucement.

LE COCHER, *bas à Martin.*

Vingt francs pour aller chez le docteur !... Une affaire mystérieuse !...

MARTIN, *le retenant pendant que Léonidas, la Levrasse et Bamboche sortent.*

Attendez qu'on soit parti, j'ai à vous parler.

---

# ACTE IV.

## SEPTIÈME TABLEAU.

Une chambre dans la maison de santé du docteur Duval... Fenêtre à gauche, vers le premier plan... Porte au-dessus ; au fond, porte plus grande avec guichet... A droite, porte secrète cachée dans la boiserie... Quelques meubles très-simples. La scène est éclairée par une lampe attachée à la muraille.

### SCENE X.

SCIPION, LE DOCTEUR, *puis* PERRINE.

LE DOCTEUR, *rendant des papiers à Scipion.*

Ce certificat et cette autorisation, monsieur le Vicomte, sont parfaitement en règle et vous pouvez disposer de ma maison et de moi dans cette triste circonstance... Seulement, je suis étonné que la famille de cette jeune personne aime mieux la faire partir d'ici que de chez elle...

SCIPION.

La famille désirant à tout prix cacher la cruelle position où cette personne se trouve, et dans le cas où elle se refuserait à partir, craignant le bruit et l'éclat qu'une espèce d'enlèvement de vive force pourrait occasionner, la famille, dis-je, a préféré attirer d'abord l'infortunée dans cette maison sous un prétexte plausible... car alors... sa résistance n'offrirait plus les mêmes inconvénients, puisque de pareilles scènes doivent être malheureusement fréquentes ici.

LE DOCTEUR.

Maintenant, je conçois parfaitement vos raisons. (*Perrine entre par la porte de gauche, elle va en silence s'asseoir sur le banc de la croisée, et regarde avec attention et tristesse à l'extérieur.*)

SCIPION, *la voyant, bas* *.

Prenez garde, monsieur le Docteur, cette femme pourrait nous entendre...

LE DOCTEUR.

Nous entendre, oui, mais nous comprendre, non... c'est une de mes pensionnaires, dominée sans cesse par une pensée fixe, elle conserve cependant toutes les apparences de la plus saine raison...

SCIPION.

C'est comme l'infortunée dont je vous parle... et si jeune... si belle encore...

LE DOCTEUR.

Une visite urgente à deux lieues de Paris m'oblige de vous quitter, monsieur, mais je vais donner les ordres nécessaires... cette chambre sera convenablement choisie pour recevoir d'abord cette jeune personne... ensuite, si l'on était malheureusement réduit à employer la force pour enlever cette infortunée d'ici, afin de ne pas la donner en spectacle aux gens de cette maison, vous pourriez vous servir de cette issue secrète qui donne sur une ruelle conduisant à la barrière de Vaugirard.

SCIPION.

Vous vous souvenez, monsieur, qu'une personne étrangère à notre famille, mais pour qui elle a une grande affection, lui a demandé ici un entretien à la suite duquel...

LE DOCTEUR.

Toutes vos instructions sont présentes à mon esprit, et aucune ne sera omise.

SCIPION.

Je vous suis, monsieur le Docteur. (*Ils sortent.*)

## SCÈNE II.

PERRINE, *toujours rêveuse, est restée assise auprès de la croisée.*

Il ne vient pas!... pourquoi donc ne vient-il pas?... Cependant, je me souviens... non, non... Oh! je souffre... ma tête brûle... qu'est-ce que j'ai donc?... je n'ai jamais ressenti cela... il me semble... que je dors... depuis longtemps... que je vou-

* Scipion, le Docteur, Perrine.

drais me réveiller... et... je ne peux pas... Oh! mon Dieu!... mon Dieu!... (*Elle retombe accablée dans un fauteuil et cache sa tête dans ses mains.*)

## SCENE III.

PERRINE, CLAUDE GÉRARD, UN GARDIEN *.

LE GARDIEN.

Monsieur est bien M. Claude Gérard?

CLAUDE GÉRARD.

Oui, mon ami.

LE GARDIEN.

Monsieur vient attendre ici la jeune personne en question?

CLAUDE GÉRARD.

Certainement.

LE GARDIEN, *d'un air d'intelligence.*

Tout est préparé, monsieur, on est prévenu... C'est ici qu'on la conduira...

CLAUDE GÉRARD, *à part.*

Sans doute, mademoiselle Régina aura annoncé son arrivée.

LE GARDIEN.

Voici la pensionnaire à qui vous désirez parler.

CLAUDE GÉRARD.

C'est elle!

LE GARDIEN.

Après votre entretien, et quand l'autre personne sera arrivée, on l'avertira que M. le docteur désire lui parler. (*Le Gardien sort.*)

## SCÈNE IV.

PERRINE, GLAUDE GÉRARD **. (*Il s'approche avec anxiété de Perrine qui laisse tomber ses mains et reste immobile.*)

CLAUDE GÉRARD.

Oui, c'est bien elle!... Oh! mon Dieu! j'ai besoin de tout mon courage... la voilà celle que j'ai tant aimée... la voilà telle que l'abandon, la souffrance et la folie l'ont faite... Ah! je croyais éprouver de la joie en la retrouvant... je ne ressens que de l'effroi, qu'une douleur accablante... Oh! mon Dieu! mon Dieu!... la revoir ainsi... (*Il pleure.*)

PERRINE, *s'approchant.*

Tu pleures!... Moi aussi je pleure bien souvent, car je l'attends... et il ne vient pas... Tu ne l'as pas vu, toi?

* Le Gardien, Claude Gérard, Perrine,

** Claude Gérard, Perrine.

CLAUDE GÉRARD.

Ah! ce regard fixe... morne... ce sourire désolé... mon cœur se brise... (*Il pleure encore.*)

PERRINE.

J'ai tant pleuré, vois-tu... que j'aime ceux qui pleurent... il me semble que ce sont mes frères... tu es mon frère aussi toi... par tes larmes... Pourquoi pleures-tu ?

CLAUDE GÉRARD.

Parce que je me souviens d'une jeune fille adorée de son père... adorée d'un fiancé qui deux ans après devait l'épouser.

PERRINE.

Une jeune fille !... un fiancé !... continue... continue...

CLAUDE GÉRARD.

Le fiancé partit, et pendant son absence, la pauvre enfant séduite, abandonnée...

PERRINE, *avec plus d'intérêt.*

Abandonnée !...

CLAUDE GÉRARD.

Maudite de son père !...

PERRINE, *bas et avec terreur.*

Maudite de son père !...

CLAUDE GÉRARD.

Elle a fui de la maison... du pays...

PERRINE, *avec un extrême intérêt.*

Elle a fui... seule ?

CLAUDE GÉRARD.

Non, dans ses bras elle tenait un enfant.

PERRINE.

Oh mon Dieu !

CLAUDE GÉRARD.

Errante... mendiant pour elle et pour son fils, elle fuyait dans les bois...

PERRINE.

Elle avait peur...

CLAUDE GÉRARD.

Elle couchait sur la terre avec son enfant; un matin elle se réveilla, chercha autour d'elle... pendant la nuit on avait volé...

PERRINE.

Mon enfant !... car c'est moi !... c'est moi !...

CLAUDE GÉRARD.

Perrine !...

PERRINE.

Mon nom ? qui m'appelle ? qui donc êtes-vous ?... Venez... venez... je veux voir... (*Elle l'entraîne près de la lumière.*) Claude Gérard ! (*En poussant ce cri elle tombe à moitié évanouie dans les bras de Claude Gérard.*)

CLAUDE GÉRARD.

Perrine ! ma chère Perrine ! revenez à vous... vous m'effrayez.

PERRINE.

Oh ! ma tête ! ma tête !... je rêve... oui je sens bien que je rêve... je voudrais m'éveiller... et... (*avec un cri et des sanglots*) je ne peux pas... je ne peux pas...

CLAUDE GÉRARD.

Cette agitation... on dirait qu'une révolution s'opère en elle... Perrine !... m'entendez-vous ?... me reconnaissez-vous ?... C'est moi qui vous ai toujours tant aimé... Perrine, me reconnaissez-vous ?...

PERRINE.

Cette voix ! cette voix !... il me semble qu'en l'entendant...... Oui, les ténèbres se dissipent...

CLAUDE GÉRARD.

Oh ! un éclair d'intelligence luit dans ses yeux.

PERRINE.

Je me souviens... Ah ! mon Dieu !... qu'ai-je donc... que s'est-il passé ?... quel rêve horrible ai-je donc fait ?... (*Regardant autour d'elle.*) Où suis-je ?...

CLAUDE GÉRARD.

Non, non, ce n'est pas une illusion... Son regard, son accent, son maintien, ne sont plus les mêmes... l'intelligence revient.... Oh ! soyez béni, mon Dieu !

PERRINE.

Oh ! maintenant, je me souviens du passé, mais qu'il y a longtemps, mon Dieu !... Oui, je me souviens de tout !... Oui, je vous reconnais, vous... vous êtes Claude Gérard, mon ami, mon seul ami... Oh ! sauvez-moi, protégez-moi ! J'ai méconnu votre cœur, soyez généreux !... Mais lui... lui !... le comte Duriveau... Oh ! il va venir aussi, peut-être.... Hier soir... chez ma mère... sous les vieux arbres du jardin... il m'a dit : A demain !... Hier soir ! Non, non !... Oh ! voilà que je redeviens folle !... Je ne veux plus, je ne veux plus être folle... car maintenant je comprends tout... j'ai été folle, n'est-ce pas ?... je le suis encore, peut-être...

CLAUDE GÉRARD.

Non, grâce au ciel !... Votre raison revient, mais du calme... Oh ! par pitié, du calme !... ne détruisez pas ce que Dieu vient de faire pour vous.

PERRINE.

Mais, mon fils... car je sais bien que j'avais un fils... Pauvre enfant !... perdu... sans sa mère... sans caresses... sans pain, peut-être !... Vous lui direz que j'ai été folle, n'est-ce pas ?

CLAUDE GÉRARD, *hésitant.*

Mais...

PERRINE.

Il faut qu'il le sache bien, c'est le désespoir de l'avoir perdu qui m'a rendue folle, il m'en aimera plus encore... Et son père?

CLAUDE GÉRARD.

Le comte Duriveau... a des torts bien cruels à expier...

PERRINE.

Ah ! malédiction sur ce père sans entrailles !

CLAUDE GÉRARD, *gravement.*

Le comte Duriveau vous doit, à vous et à son fils, une réparation éclatante... vous l'obtiendrez... je verrai le Comte...

PERRINE. *Elle s'assied avec fatigue.*

Claude Gérard, vous n'en ferez rien.... pas d'humiliantes prières...

CLAUDE GÉRARD.

Oh ! ce n'est pas une voix suppliante que je lui ferai entendre, mais la voix du devoir et de la conscience...

LE GARDIEN, *entrant.*

Monsieur, cette demoiselle est là !

CLAUDE GÉRARD.

Priez-la d'entrer.

## SCÈNE V.

LES MÊMES, RÉGINA *.

CLAUDE GÉRARD, *allant au-devant d'elle.*

Oh ! mademoiselle, que de bonté !

RÉGINA.

Ne me remerciez pas... Quand même vous ne m'auriez pas écrit, je serais venue, car j'ai un devoir sacré à remplir... une pauvre femme privée de sa raison...

CLAUDE GÉRARD.

Oui, celle que vous avez sauvée.

RÉGINA.

Sauvée ! dites-vous.

CLAUDE GÉRARD.

Oui, le bien-être que vous lui avez procuré, la secousse d'anciens souvenirs présentés à son esprit, ont ranimé sa raison.

RÉGINA.

Quoi ! elle pourrait comprendre...

CLAUDE GÉRARD.

Voyez... (*S'adressant à Perrine qui paraît accablée.*) Perrine ! (*Montrant Régina.*) Une amie !...

* Perrine, Claude Gérard, Régina.

PERRINE.

Oh! je la connais. Vous m'avez fait tant de bien *. (*Cherchant.*) Mais votre nom?... je ne le sais pas...

RÉGINA.

Régina! Régina de Noirlieu...

PERRINE.

De Noirlieu!... De Noirlieu!... Oui, c'est ainsi qu'elle s'appelait.

RÉGINA.

Qui?

PERRINE.

Ma sœur de lait...

CLAUDE GÉRARD.

Que dit-elle?

RÉGINA.

C'est vrai! c'est vrai!

PERRINE.

Elle m'aimait tant...

RÉGINA.

C'était ma mère...

PERRINE.

Votre mère! (*La regardant.*) Oui, Claude, oui; elle est belle comme elle... et bonne comme elle...

CLAUDE GÉRARD, *à Régina.*

Mais qui a pu vous apprendre...

RÉGINA.

Des papiers renfermés dans la cassette que monsieur Martin m'a apportée hier... Ces écrits, tracés par ma mère, contiennent l'histoire de sa vie et de ses malheurs.

PERRINE.

Oh! oui, elle était malheureuse, ma pauvre sœur... et malheureuse par ma faute.

CLAUDE GÉRARD.

De grâce, mademoiselle, comment se fait-il?...

RÉGINA.

Ma mère n'avait épousé M. de Noirlieu que contrainte par sa famille... Après quelques mois de mariage seulement, mon père la quitta pour faire un voyage à l'étranger, et ma mère allait habiter pendant son absence un château dans le Berry; c'est là qu'elle rencontra sa sœur de lait, qu'elle n'avait pas revue depuis son enfance... Mais Perrine était malheureuse; elle avait été chassée par son père, et, presque folle, elle errait dans les campagnes, portant son enfant dans ses bras...

PERRINE.

Mon enfant! mon pauvre enfant!

* Perrine, Régina, Claude Gérard.

RÉGINA.

Ma mère la recueillit, la prit chez elle, et voulant essayer d'attendrir en sa faveur celui qui l'avait lâchement abandonnée, elle lui écrivit au nom de Perrine.

PERRINE.

Hélas ! je ne savais pas écrire, moi.

RÉGINA.

Cette lettre, avant d'être terminée, fut surprise par mon père qui revint à l'improviste... Soupçonneux et jaloux, il se crut trahi, et, sans vouloir entendre aucune justification, il condamna ma mère à un exil obscur et presque misérable; et elle, pour échapper à un amour qui faisait sa terreur, l'accepta sans se défendre. Cet événement acheva d'égarer la raison déjà trop affaiblie de Perrine ; elle s'accusait d'être la cause du malheur de sa protectrice... Elle s'enfuit du château.

PERRINE.

Je voulais aller trouver le comte, lui dire que la coupable c'était Perrine... mais la fatigue, la douleur, et bientôt la faim... Je suis tombée... j'ai dormi longtemps, oh ! bien longtemps.

RÉGINA.

Et votre enfant?

PERRINE.

Ils me l'ont volé pendant que je dormais. (*Pleurant.*) Mon pauvre enfant ! Ma bonne sœur l'aimait tant; elle lui avait mis au cou une belle croix de sa mère...

CLAUDE GÉRARD.

Que dit-elle?

RÉGINA.

La vérité... Oh ! maintenant, je le vois, elle a toute sa raison, puisqu'elle s'en souvient... Oui, cette croix ma mère en parle; c'était une relique de ma famille, et quoique en simple bois d'ébène...

CLAUDE GÉRARD.

Une croix en bois d'ébène...

RÉGINA.

Elle renfermait un secret; en la séparant en deux on voyait un Christ sculpté en or.

PERRINE.

C'est cela ! C'est bien cela...

CLAUDE GÉRARD.

Mon Dieu ! le cœur me bat d'angoisse et de joie...

RÉGINA.

Qu'avez-vous, monsieur Claude?...

CLAUDE GÉRARD.

L'espoir de rendre cette infortunée la plus heureuse des mères.

RÉGINA.

Quoi ! vous sauriez ?...

CLAUDE GÉRARD.

Silence ! qu'elle ignore encore... car si je me trompais après avoir fait luire à ses yeux... ce serait la replonger dans un abîme de douleurs... Pardon, mademoiselle ; Perrine, je me retire...

PERRINE.

Déjà, mon ami ?...

CLAUDE GÉRARD.

Car il faut que j'éclaircisse au plus vite... je n'ai pas besoin de la recommander à votre tendre sollicitude... Bonne et chère enfant, tous nos bonheurs nous seront venus par vous... (*Il sort.*)

RÉGINA.

Ah ! mon Dieu ! puisse-t-il réussir dans ce qu'il va entreprendre.

## SCÈNE VI.

RÉGINA, PERRINE, UN GARDIEN, UNE GARDIENNE, *entrant par la porte où est passé Claude Gérard.*

LE GARDIEN, *à Perrine**.

Voyons, ma bonne femme, il faut rentrer, il est temps de se coucher.

PERRINE, *qui était restée pensive, revenant à elle.*

Oh ! oui... dormir, je le veux bien... je suis fatiguée... la pensée est si brillante et si rapide... elle m'entraîne, elle m'épuise.

RÉGINA.

Le sommeil vous rendra des forces.

PERRINE.

Ah ! oui, le sommeil !... Oh ! je ne le crains plus maintenant, je suis sûre du réveil...

RÉGINA.

Adieu, bonne mère... adieu...

PERRINE.

Non, pas adieu... mais à demain... à demain. (*Le gardien ouvre la porte de gauche, il fait entrer Perrine et la gardienne.*)

LE GARDIEN**.

Ursule, tu mettras le verrou en dedans et tu sortiras par la porte du corridor.

RÉGINA.

Mon ami, veuillez vous informer si ma voiture est là ?

LE GARDIEN, *souriant.*

La voiture ? oui, oui, elle est là, mais monsieur le docteur prie mademoiselle de l'attendre un instant, il va se rendre ici.

* Perrine, Régina, le Gardien, *au fond.*

** Le Gardien, Régina.

RÉGINA.

Mon ami, il se fait tard, et je ne puis attendre... Je veux rentrer au plus vite... Vous direz à monsieur le docteur Duval que je viendrai le remercier demain...

LE GARDIEN.

Pardon, mademoiselle.

RÉGINA.

Que voulez-vous ?

LE GARDIEN.

Il faudrait attendre ici la personne qui doit venir vous chercher.

RÉGINA, *voulant passer*.

Vous vous trompez, mon ami, je n'attends personne.

LE GARDIEN.

C'est égal, mademoiselle, il vaut mieux rester.

RÉGINA.

Que veut dire cet homme? Après tout, peu m'importe!... (*Elle veut passer.*)

LE GARDIEN.

Vous ne pouvez pas sortir, mademoiselle.

RÉGINA.

Comment, je ne puis pas sortir... (*Souriant.*) Qui oserait?...

LE GARDIEN, *il s'est retiré peu à peu au fond, il sort vivement et referme la porte.*

Bon, v'là que ça commence, esquivons-nous.

RÉGINA.

Que fait-il donc?... (*Elle va à la porte et frappe.*) Qu'est-ce que cela veut dire ? Plus de doute, c'est un fou... il n'importe... Je ne sais pourquoi cela m'effraie... (*Trouvant une sonnette sur la table.*) Ah ! une sonnette. (*Elle sonne avec force.*) Heureusement, on va venir... En vérité... il est bien étrange... que... mais l'on ne vient pas... (*Elle sonne encore.*)

LE GARDIEN, *au guichet.*

Mademoiselle, si vous n'êtes pas sage, on va vous éteindre la lumière.

RÉGINA.

Monsieur, je ne sais pas qui vous êtes... ni ce que tout cela signifie... mais, de grâce, faites-moi parler au docteur Duval, à l'instant, je le veux...

LE GARDIEN.

Vous ne pouvez pas voir le docteur.

RÉGINA.

Alors, monsieur, laissez-moi sortir... Pourquoi me retenir ici?

LE GARDIEN.

Pourquoi... Ces pauvres fous, c'est toujours là leur première demande... Pourquoi m'enferme-t-on ?

RÉGINA.

Folle ! moi !... Moi... folle !...

LE GARDIEN.

Non, vous n'êtes pas folle du tout... ma pauvre demoiselle, vous avez toute votre raison... mais prouvez-le en vous montrant raisonnable, sinon, je vous l'ai dit... J'éteins votre lumière. (*Il ferme le guichet.*)

RÉGINA.

Oh mon Dieu... j'ai peur... Que faire?... Ah ! cette fenêtre... elle est grillée, mais l'on m'entendra... Au secours... au secours !

GROSSE VOIX, *au dehors.*

Silence, les folles !...

RÉGINA.

Au secours!... ouvrez-moi... je suis mademoiselle de Noirlieu... j'ai le droit de sortir de cette horrible maison... Au secours! au secours!

LE GARDIEN, *au guichet.*

Je vous ai avertie... vous n'êtes pas sage... plus de lumière... (*L'obscurité règne tout à coup sur le théâtre.*)

RÉGINA.

Oh ! ces ténèbres... c'est plus affreux encore... (*Courant au guichet.*) Monsieur... monsieur... je serai... eh bien ! je serai... raisonnable comme vous dites... mais de la lumière... je vous en conjure... Oh ! pas ces ténèbres... (*Scipion entre par la porte secrète.*)

## SCÈNE VII.

### RÉGINA, SCIPION.

RÉGINA.

Oh mon Dieu ! il me semble que j'entends marcher... qu'une porte s'est ouverte... oui, un courant d'air me frappe au visage... Ah ! je vais sortir par là... mais on s'approche... Qui est là ? On ne répond pas. Qui est là ?... Oh mon Dieu ! si c'était un fou ! (*Scipion dans l'ombre lui prend la main; Régina pousse un cri affreux.*) Ah !

SCIPION.

Régina, c'est moi, Scipion *!

RÉGINA.

Vous... vous ici !... Ah ! c'est le ciel qui vous envoie... Scipion, sauvez-moi... Je suis victime de je ne sais quelle horrible méprise...

SCIPION, *froidement.*

Il n'y a pas de méprise.

* Régina, Scipion.

RÉGINA.

Que dit-il ?

SCIPION.

Écoutez-moi bien, Régina... Je vous suis odieux... Vous ne consentirez jamais à m'épouser.

RÉGINA.

Jamai ...

SCIPION.

Je le sais bien... Mais comme ce mariage m'est indispensable à moi, il faut que vous m'épousiez, et vous m'épouserez...

RÉGINA'

O mon Dieu !

SCIPION.

Vous m'épouserez, et voici comment, et voici pourquoi... A deux pas, il y a une voiture... Un homme dévoué qui peut au besoin me venir en aide... si vous refusez de me suivre... vos prières... vos cris... on les écoutera comme on les a écoutés, tout à l'heure. Cette voiture nous conduira à la barrière d'Enfer, où des chevaux de poste m'attendent... Je me suis procuré un passeport et un ordre pour moi.. et pour ma sœur... qui est folle..

RÉGINA.

Folle!...

SCIPION.

Folle!... entendez-vous... C'est vous dire que durant notre route, et elle sera longue, vous n'avez aucun secours à espérer... Nous arriverons demain dans la nuit à quarante lieues d'ici, dans une demeure isolée... On ne saura que dans deux ou trois jours la route que nous aurons suivie, et lorsqu'on le saura, si on le sait, vous et mon père vous n'aurez plus qu'à choisir entre un déshonneur éternel, ou un mariage réparateur avec moi.

RÉGINA.

O mon Dieu ! ayez pitié de moi.

SCIPION.

Je vous dis tout cela pour vous épargner des cris inutiles... et vous prouver que la résignation est le meilleur parti à prendre.

RÉGINA.

Scipion, grâce... écoutez-moi... je ne peux pas promettre de vous épouser... mais enfin... donnez-moi du temps... devenez meilleur... faites-moi oublier le passé !

SCIPION.

Nous perdons un temps précieux... venez...

RÉGINA.

Scipion, me voici à vos genoux...

SCIPION.

On ne prend pas un tel parti... on ne fait pas de pareilles confidences pour reculer ensuite...

RÉGINA.

Mais vous n'aurez ni le courage ni l'audace de porter des mains violentes sur moi.

SCIPION.

Je vous ai dit qu'un homme sans pitié et sourd à tous les cris, à moitié ivre, est là qui n'attend qu'un signal.

RÉGINA.

Non, c'est impossible, vous jouez là une comédie de terreur.

SCIPION.

Je puis encore recevoir votre serment de vous taire et de me suivre. Voulez-vous ?

RÉGINA*.

Non ! jamais.

SCIPION.

Jamais !... A vous la faute de tout ce qui va se passer ici. (*Il se retire précipitamment par la porte secrète.*)

RÉGINA, *au comble de l'effroi.*

Il est parti... Scipion... Scipion... répondez, je vous en conjure ! Mon Dieu, cet homme avait raison... je suis folle !... tout cela n'est pas possible... Mon Dieu ! c'est un rêve bien affreux ! Mais qu'on vienne donc... De la lumière... quelqu'un... quelqu'un.

## SCÈNE VIII.

RÉGINA, BAMBOCHE. *Un battant de la porte du fond s'ouvre, le théâtre s'éclaire.*

BAMBOCHE, *entrant.*

A nous deux, ma belle enfant... il faut me suivre...

RÉGINA.

Monsieur... monsieur, grâce... je ne suis pas folle.

BAMBOCHE.

On m'a prévenu que vous dites toutes ça ici... Allons, marchons...

RÉGINA, *reculant.*

Monsieur, ne me touchez pas...

BAMBOCHE.

Alors venez...

RÉGINA.

Oh ! non ce serait un crime.

BAMBOCHE.

Ma bonne petite, on nous attend et je suis pressé... Venez donc gentiment... sinon...

RÉGINA.

Eh bien ?

* Scipion, Régina.

BAMBOCHE.

Pardine, je vous emmènerai de force.

RÉGINA.

Oh! vous n'oserez...

BAMBOCHE.

Comme c'est pour votre bien, vous allez voir ça... Ouvrez la porte que je passe. (*Il s'avance pour la saisir. Tumulte en dehors.*

MARTIN, *en dehors.*

J'entrerai, vous dis-je.

RÉGINA.

Écoutez... du secours peut-être!

BAMBOCHE.

Ce qui se fait par là ne nous regarde pas. (*Il ouvre les bras pour la saisir.*)

## SCÈNE IX.

RÉGINA, BAMBOCHE, MARTIN, SCIPION, GARDIENS. (*Régina pousse un cri de détresse, Martin, jetant le carrick et le fouet du cocher, se précipite sur la scène entre Régina et Bamboche, qu'il repousse.*)

MARTIN.

Misérable!

RÉGINA.

Oh! secourez-moi! secourez-moi! (*Elle s'attache à lui.*)

BAMBOCHE, *levant son bâton.*

Toi qui m'appelles misérable, tu vas avoir ton compte!

MARTIN, *le reconnaissant.*

Bamboche!

BAMBOCHE, *laissant tomber son bâton.*

Martin!... mon frère!...

MARTIN.

Toi, ici!... tu vas nous livrer passage.

BAMBOCHE.

A toi, oui... à cette femme, non...

MARTIN.

C'est mademoiselle de Noirlieu!

BAMBOCHE.

Qu'est-ce que ça me fait à moi... elle est folle.

MARTIN.

On te trompe...

BAMBOCHE.

J'ai vu les ordres...

MARTIN.

On te trompe...

BAMBOCHE.

Eh! non... quel intérêt as-tu?...

MARTIN.

Quel intérêt !... Bamboche... je l'aime...

BAMBOCHE, *s'arrêtant.*

Tu l'aimes?

RÉGINA.

O mon Dieu! (*Scipion rentre par la porte secrète.*)

SCIPION.

Eh bien, vous ne venez pas?

BAMBOCHE, *l'apercevant.*

Le Vicomte... ici?

MARTIN.

Oui, ce misérable compte sur toi pour accomplir un rapt odieux...

BAMBOCHE.

Minute, minute, je n'en suis plus...

SCIPION.

Ah! monsieur se pose en défenseur... Je comprends, le manant attendait l'heure du berger à la porte... Ma chère cousine, vous avez pris un amant de bien bas étage.

MARTIN.

Vicomte, tout votre sang pour cet outrage...

SCIPION, *le toisant avec mépris.*

Volontiers, mon beau chevalier... je suis à vous, venez...

MARTIN.

D'abord j'ai un devoir plus sacré à remplir, celui de sauver votre victime, après, nous nous reverrons, monsieur le Vicomte.

SCIPION.

Non pas, s'il vous plaît... vous ne sortirez pas d'ici. (*Il lui barre le passage.*)

BAMBOCHE.

Qu'est-ce à dire?... Nous voulons faire le méchant. (*Saisissant le Vicomte au collet et le renversant.*) Emmène-la, Martin... (*Martin emmène Régina, Bamboche tient le Vicomte à terre.*) Vicomte, nous allons régler les conditions du combat.

---

## HUITIEME TABLEAU.

Le bois de Boulogne, au point du jour.

### SCENE I.

LA LEVRASSE, LÉONIDAS.

LÉONIDAS, *regardant un poteau.*

Avenue de la Muette!... c'est bien ça... brrr... il fait frais... Je n'avais jamais vu lever l'aurore au bois de Boulogne... Et vous, bourgeois... et vous, bourgeois?... répondez-moi donc... à quoi pensez-vous?

LA LEVRASSE.

Je pense que ma position est atroce...

LÉONIDAS.

Atroce!...

LA LEVRASSE.

Est-ce que par un raffinement de barbarie, le vicomte Scipion n'a pas exigé que moi, son créancier, je sois son témoin dans ce diable de duel?... Il m'a dit en ricanant : Je ne trouverai jamais un témoin qui porte à ma vie autant d'intérêt que toi, vieux coquin!... et il a raison... C'est ma créance qui va se battre;... c'est ma créance qui va risquer d'être percée d'un coup d'épée, ou trouée d'une balle... et être là, c'est atroce!... Aussi faut-il tout faire pour que ma créance ait le dessus... As-tu bien remis au valet de chambre du père du vicomte mon billet de ce matin?

LÉONIDAS.

Mais oui!... voilà la troisième fois que vous me le demandez... Quelle scie vous faites!..

LA LEVRASSE.

En recommandant de la porter tout de suite au Comte?...

LÉONIDAS.

Mais puisque je vous ai dit que le Comte est absent, et qu'il ne reviendra qu'aujourd'hui.

LA LEVRASSE.

C'est vrai, tu m'as déjà dit cela; mais ma lettre au commissaire de police?...

LÉONIDAS.

Portée.

LA LEVRASSE.

Et celle au brigadier de gendarmerie?

LÉONIDAS.

Portée!...

LA LEVRASSE.

Et tu as bien dit que le rendez-vous était au rond-point?

LÉONIDAS

Mais oui, oui, cent fois oui... Ah! que vous devenez embêtant... Quand est-ce donc qu'on vous empaillera, mon Dieu! Si vous le savez, dites-le, cela fera prendre patience...

LA LEVRASSE, *avec une mélancolie profonde.*

Ah!...

LÉONIDAS, *avec mépris.*

Et dire que ça a été Hercule de l'Est... adoré des femmes, et banquiste fini!...

LA LEVRASSE, *avec résignation.*

Léonidas, tu peux me brutaliser à ton aise, pourvu que tu m'aides à préserver ma créance.

LÉONIDAS.

Comme vous faites le câlin, maintenant que vous n'avez plus

assez de toupet ni de jarret pour... (*Il fait le geste de donner un coup de pied.*) Savez-vous ce qui arrivera? Un jour je mettrai vos bottes, et avec vos propres bottes...

LA LEVRASSE, *avec horreur.*

N'achève pas!...

LÉONIDAS.

Mais soyez donc tranquille!... Votre créance ne court aucun risque.... quand bien même les précautions que vous avez prises avec le commissaire et la gendarmerie ne réussiraient pas, le vicomte Scipion est très-fort à l'épée et au pistolet... et je l'ai laissé au tir à se remettre la main... On se battra avec ses armes, vu que cet imbécile de Martin est trop pauvre pour s'en procurer d'autres. Encore une fois, vous n'avez rien à craindre pour votre créance. Allez, et puis tenez, une fameuse idée!...

LA LEVRASSE.

Laquelle?

LÉONIDAS.

Mettez au moins à profit cette infirmité qui vous abrutit... Tâchez de vous retenir longtemps, et au moment où Martin visera le Vicomte, éternuez comme un coup de tonnerre, ça dérangera la main de Martin.

LA LEVRASSE, *avec abattement.*

Je n'ai plus assez de foi dans mon étoile pour espérer d'éternuer si à propos.

## SCÈNE II.

Les Mêmes, SCIPION*.

Ah! pardieu! je gage maintenant cent louis contre deux que je tuerai Martin comme un chien : je n'ai jamais mieux tiré.... et ce drôle-là pourrait nuire à mes projets.

LA LEVRASSE.

Encore des projets!...

SCIPION.

Parbleu, tu crois que je renonce ainsi à une fortune immense? Je tiens trop à te payer, vieux coquin..

LA LEVRASSE.

Vous êtes fou, si vous croyez maintenant épouser Régina...

SCIPION.

Je ferai mieux!...

LA LEVRASSE.

Mieux!...

SCIPION.

Plus tard je te dirai mes projets qui t'intéressent autant que moi... Mais l'heure s'avance, gagnons le rond point, où je dois

* Léonidas, la Levrasse, Scipion.

me rencontrer avec ce misérable... Il faut que je le tue, car je le hais, et il me gêne !...

## SCÈNE III.

LES MÊMES, MARTIN, BAMBOCHE, *écoutant**.

SCIPION.

Ah ! que je le tienne seulement au bout de ce pistolet, et je te jure...

BAMBOCHE, *s'avançant.*

Tu n'es pas matinal, Vicomte ; voilà une demi-heure que nous t'attendons au rond point.

SCIPION.

Ce retard vient de mon témoin.

BAMBOCHE.

Ton témoin, où est-il ?

SCIPION, *montrant la Levrasse.*

Le voilà, il faut autant que possible appareiller les gens... il te vaut...

BAMBOCHE.

C'est ce que nous verrons...

SCIPION, *à la Levrasse.*

Allons, marchons...

MARTIN.

A quoi bon aller plus loin ?

BAMBOCHE.

Au fait, nous serons très-bien ici, n'est-ce pas, Vicomte ?

SCIPION.

Parfaitement, allons, habit bas...

LA LEVRASSE, *à part.*

Malédiction ! moi qui, dans ma lettre, ai indiqué le rond point comme rendez-vous. (*Haut.*) Mais ici on est trop en vue...

BAMBOCHE.

Pas plus que là-bas... Allons, dépêchons... Quant aux armes...

SCIPION.

Je choisis l'épée !...

MARTIN.

Soit, l'épée !...

BAMBOCHE.

Est-il gentil ! Pour saigner Martin comme un poulet, n'est-ce pas ? lui qui de sa vie n'a manié une épée...

MARTIN.

Il n'importe, une arme, une arme !...

BAMBOCHE, *à Martin.*

Veux-tu me faire le plaisir de te mêler de ce qui te regarde ? (*A Scipion.*) Pas d'épées, c'est entendu...

* Léonidas, la Levrasse, Scipion, Bamboche, Martin.

SCIPION.

Va pour le pistolet, en voici une paire; ils sont chargés... monsieur choisira, Léonidas comptera les pas...

LA LEVRASSE.

O ma créance !...

BAMBOCHE, *bas à Martin.*

Sais-tu tirer le pistolet ?

MARTIN.

Je n'en ai jamais touché un.

BAMBOCHE.

Mais il te tuera...

MARTIN, *avec impatience.*

Que t'importe ?

BAMBOCHE, *avec reproche.*

Ah ! frère !...

MARTIN.

Pardon, mon ami, mais j'ai pour moi le bon droit et une chance sur cent de le tuer.

BAMBOCHE.

Tu le veux ?... (*Il lui prend la main.*)

MARTIN.

Oui.

BAMBOCHE.

Il faut du moins que les chances soient égales...

MARTIN, *le retenant.*

Un mot...

BAMBOCHE.

Quoi !

MARTIN.

Mademoiselle Régina, en me quittant hier soir, au moment où je la remettais à l'hôtel, m'a dit qu'elle m'attendait ce matin à neuf heures ; s'il arrivait quelque malheur, tu lui porterais cette lettre... (*Il la donne.*)

BAMBOCHE, *prenant la lettre.*

Nom de nom ! sois tranquille, s'il te tue, je l'étrangle... (*Haut.*) Voyons les pistolets...

SCIPION.

Nous nous placerons à trente pas... puis nous pourrons marcher l'un sur l'autre jusqu'à dix pas et...

BAMBOCHE.

Il n'y aura pas besoin de faire une si longue promenade... Ces pistolets sont à toi... voici ton chiffre...

SCIPION.

Après ?

BAMBOCHE.

Tu as l'habitude de ces armes...

SCIPION.

Il fallait en apporter d'autres.

BAMBOCHE.

Tu penses bien, Vicomte, que je suis pas venu ici pour laisser assassiner Martin.

LÉONIDAS.

Voici vingt pas mesurés et...

BAMBOCHE.

Assez !...

SCIPION.

Finirons-nous... Où veux-tu en venir ?...

BAMBOCHE.

Tu vas le voir... (*Il tire un des pistolets.*)

SCIPION.

Que fais-tu ?

BAMBOCHE.

Il y en a assez d'un...

SCIPION.

Assez d'un !...

BAMBOCHE.

Il faut de plus un mouchoir... et le mien... (*Il tire un grand madras.*) Au fait non... il n'est pas assez frais... Donne le tien, Vicomte...

SCIPION, *le lui donne.*

J'ai, tu le vois, de la patience...

BAMBOCHE.

Oh ! quelle odeur ! ça sent la bergamotte. Martin, va prendre un bout de ce mouchoir, toi, l'autre... Maintenant les pistolets sous mon torchon... (*Il les enveloppe dans son mouchoir de manière à ne laisser passer que la crosse.*) La Levrasse dit la Fressure, ici !

LA LEVRASSE.

Qu'est-ce que tu veux ?...

BAMBOCHE.

Choisis un des deux pistolets...

LA LEVRASSE, *égaré.*

Lequel ?

BAMBOCHE.

Celui que tu voudras, imbécile !

LÉONIDAS, *à part, bas à la Levrasse qui hésite*

Pas celui qui est chaud... pas celui qui est chaud.

BAMBOCHE, *donnant un coup de crosse sur les doigts de la Levrasse qui veut tâter les pistolets.*

A bas les pattes ! on ne touche pas .. on montre du doigt...

SCIPION.

Mais pourquoi tous ces préparatifs ?

BAMBOCHE.

Le pistolet choisi par la Fressure sera pour toi, Vicomte, l'autre pour Martin, et tous deux à la longueur de ton mouchoir en pleine poitrine...

MARTIN, *vivement.*

J'accepte !

SCIPION, *inquiet.*

Mais, c'est un assassinat.

BAMBOCHE.

Moins que celui que tu méditais.

MARTIN.

C'est jouer ma vie contre la vôtre... La chance est égale... Allons, monsieur... On dirait que vous avez peur...

SCIPION.

Peur ! je vous hais trop... (*A la Levrasse.*) Toi, désigne un des pistolets.

BAMBOCHE.

Vous, prenez ce mouchoir. (*Les deux combattants ont reçu leurs armes et se mettent en présence.*) Au troisième coup feu ! (*A part.*) J'ai une sueur froide... (*Haut.*) Une, deux...

## SCENE IV.

LES MÊMES, CLAUDE GÉRARD.

CLAUDE GÉRARD, *accourant.*

Arrêtez ! arrêtez !...

LA LEVRASSE, *avec joie.*

Les gendarmes !

MARTIN.

Claude Gérard !...

BAMBOCHE.

Claude Gérard !...

SCIPION.

Quel est ce rustre ?... Monsieur, nous sommes en affaire...

MARTIN.

Mon ami, mon père... cet homme a insulté mademoiselle Régina, il va avoir ma vie ou moi la sienne.

CLAUDE GÉRARD.

Arrête, te dis-je, et réponds-moi ; si je me trompe, je te le jure. tu te battras... et moi-même, s'il le faut, je te servirai de témoin,

BAMBOCHE.

Allons, Vicomte, un moment de répit, ici on ne perd rien pour attendre.

LÉONIDAS, *bas à Scipion.*

Vous avez le bon...

CLAUDE GÉRARD, *qui a amené plus près de l'avant-scène Martin, toujours armé.*

As-tu encore cette croix que tu portais à ton cou?

MARTIN.

Oui.

CLAUDE GÉRARD.

Donne-la-moi.

MARTIN.

La voici.

CLAUDE GÉRARD, *poussant un cri, après avoir fait jouer le ressort.*

Ah! plus de doute!

MARTIN.

Qu'avez-vous?

CLAUDE GÉRARD.

Tu ne te battras pas...

MARTIN.

Ne pas me battre!...

CLAUDE GÉRARD.

Tu ne te battras pas, te dis-je...

MARTIN.

Mais il le faut!

CLAUDE GÉRARD.

Martin, tu es le fils de Perrine.

MARTIN.

Son fils!...

CLAUDE GÉRARD.

Et cet homme est ton frère.

MARTIN.

Grand Dieu!

CLAUDE GÉRARD.

Silence encore! jusqu'à ce que j'aie vu le Comte.

SCIPION, *à Martin.*

Eh bien, monsieur, est-ce fini, et reprenez-vous votre place?

LA LEVRASSE.

Je crois que l'honneur est satisfait.

MARTIN.

Monsieur, de quelque manière que vous interprétiez ma conduite... ce combat n'aura pas lieu.

SCIPION, *riant.*

Ah! ah! tant de façons pour en arriver là.

BAMBOCHE.

Martin, y penses-tu?

MARTIN.

Nulle puissance au monde ne me fera lever le bras contre monsieur.

SCIPION.

C'est très-bien, mon cher... mais j'ai accepté toutes vos conditions... le hasard a prononcé... subissez son arrêt... à moins que la peur...

MARTIN.

La peur !... (*Martin se rapproche vivement et présente sa poitrine, (Scipion tire, la capsule seule part.)*

LÉONIDAS.

Il n'était pas chargé...

CLAUDE GÉRARD.

Misérable !...

LA LEVRASSE.

Je suis ruiné !

BAMBOCHE.

Martin, use de ton droit... à bout portant sur ce loup furieux.

MARTIN, *tirant en l'air.*

Voilà ma réponse.

CLAUDE GÉRARD.

Bien ! mon fils.

LA LEVRASSE, *ému.*

Ah ! le beau trait ! Martin, je n'oublierai jamais...

SCIPION, *se remettant.*

Monsieur, je n'accepte pas votre générosité... ce sera donc à recommencer...

BAMBOCHE.

Avec moi, d'abord.

SCIPION.

Je ne tire pas la savatte... je t'enverrai un de mes gens...

BAMBOCHE.

S'ils te ressemblent, envoie-m'en douze.

---

# ACTE V.

## NEUVIÈME TABLEAU.

Un salon de l'hôtel du comte Duriveau.

### SCÈNE I.

RÉGINA *seule, puis* M^lle HONORÉ *et* BASQUINE.

RÉGINA, *assise.*

Huit heures du matin à peine, et déjà depuis plus de deux heures, l'inquiétude, la secousse de cette horrible scène ne me permettent plus de repos; la solitude me fait peur, j'entends des pas... Ah ! c'est mademoiselle Honoré... Eh bien ?...*

* Régina, M^lle Honoré.

Mlle HONORÉ.

Mademoiselle Basquine me suit, aussitôt que je lui ai eu raconté tout ce que m'avait dit hier Mademoiselle, elle a pris son châle et est venue...

RÉGINA.

Mademoiselle Honoré, je vous ai tout dit hier, parce que j'avais besoin de secours, et que je crois pouvoir compter sur votre discrétion.

Mlle HONORÉ.

Soyez sans inquiétude, mademoiselle, votre confiance ne sera pas trompée.

RÉGINA.

Quand monsieur Martin se présentera, vous l'introduirez aussitôt.

Mlle HONORÉ.

Oui, mademoiselle ; voici mademoiselle Basquine.

RÉGINA.

Bien, laissez-nous...(*Mlle Honoré sort au moment où Basquine entre et va rapidement à Régina en lui prenant les mains.*)

BASQUINE *.

Vous, ma généreuse demoiselle... ma bonne bienfaitrice !... (*Régina appuie sa tête sur son épaule et pleure.*) Pourquoi pleurer ? Vous ne l'aimiez pas ?

RÉGINA.

Lui ! grand Dieu !...

BASQUINE.

On ne pleure pas sur un crime... on frémit, on s'indigne ; on donne son mépris au Vicomte, on pense à mon bon, à mon noble Martin, on le bénit, on l'aime...

RÉGINA.

Il avait deviné un piége, et il a bravé le danger...

BASQUINE.

Mais votre tuteur, quelle a dû être sa douleur, son indignation.

RÉGINA.

Ce n'est pas moi qui lui porterai un coup si affreux... Il s'aveugle sur Scipion, et je n'ai pas le courage de le désabuser... Seulement, je suis décidée à partir aujourd'hui même pour la campagne, pour Saint-Géran... à six lieues de Paris...

BASQUINE.

Oui, vous avez raison, mademoiselle... partez, partez...

RÉGINA.

Mais vous, pauvre enfant, vos dernières espérances sont brisées ; qu'allez-vous devenir ?

BASQUINE.

Je ne sais pas, mais, songeons à vous, mademoiselle.

* Régina, Basquine.

RÉGINA.

Je vous demande ce que vous allez devenir, vous me répondez je ne sais pas, et mon sort est votre seule préoccupation...

BASQUINE.

C'est tout simple; le sort d'une généreuse demoiselle comme vous importe à tant de pauvres gens qui n'ont et n'auront jamais que vous pour soutien, tandis que mon sort, à moi importe peu... Je ne suis rien à personne, je ne puis rien pour personne.

RÉGINA.

Ingrate ! vous ne m'êtes rien ?

BASQUINE.

Mademoiselle...

RÉGINA.

Mais encore une fois, qu'allez-vous devenir ?... Votre orgueil vous fait refuser tous mes dons, votre travail est insuffisant, les ressources que vous espériez trouver au théâtre vous manquent aujourd'hui; demain comment vivre ?

BASQUINE.

Après tout... pourquoi vivre ?

RÉGINA.

Malheureuse ! que dites-vous ?

BASQUINE.

La vérité !... Voyez-vous, mademoiselle, la vie est trop dure et trop laide... j'en ai assez...

RÉGINA.

Mais à peine avez-vous vingt ans...

BASQUINE.

Vingt ans de misère !

RÉGINA.

Et dans ces vingt ans, pas un seul beau jour ?

BASQUINE.

Si ! le jour où vous m'avez tendu la main.

RÉGINA.

Eh bien ! alors ne me refusez pas le service que j'ai à vous demander, et pour lequel je vous ai priée de venir...

BASQUINE.

A moi, un service !... oh ! je n'aurai pas ce bonheur !

RÉGINA.

Je vous l'ai dit, je suis décidée à partir pour la campagne, venez avec moi...

BASQUINE.

Moi, mademoiselle !

RÉGINA.

Oui, venez, je n'ose partir seule ; venez... vous travaillerez près de moi... nous parlerons de celui qui m'a sauvée et que vous aimez tant; nous causerons de votre avenir... nous tâcherons de l'assurer d'une manière digne vous... et... (*Poussant un cri à la vue de Scipion qui paraît à la porte.*)

BASQUINE.

Qu'avez-vous, mademoiselle ?

RÉGINA.

Oh ! tant d'audace m'épouvante... lui ! lui !

BASQUINE.

Qui ?

## SCÈNE II.

LES MÊMES, SCIPION *.

SCIPION.

Moi !

BASQUINE, *reculant.*

Oh ! oui... oui... tant d'audace épouvante...

SCIPION, *à Basquine.*

Laissez-nous...

RÉGINA, *à Basquine.*

Restez !... Oh ! je vous en supplie, ne me laissez pas seule avec lui.

SCIPION.

Soit ! qu'elle reste ! Ma chère cousine, je viens savoir vos intentions...

RÉGINA, *à Basquine.*

Vous l'entendez...

SCIPION.

Et pour vous guider, je vais vous dire mes intentions, à moi. Je me doutais bien que vous aviez peu d'entrainement vers moi, mais depuis hier seulement je sais que vous en aimez un autre.

RÉGINA.

Monsieur !

SCIPION.

Mon Dieu ! il vous en coûte d'avouer que vous avez préféré un ancien saltimbanque ; que voulez-vous ? (*Montrant Basquine.*) Cela paraît être un penchant chez vous ; mais je suis sans préjugés, moi, et je respecte vos goûts.

RÉGINA.

Mais monsieur, cette ironie...

SCIPION.

Ce n'est pas de l'ironie... c'est sérieux... Qu'un monsieur Martin ait été votre amant hier, qu'il le soit encore aujourd'hui, qu'il continue à l'être demain, que voulez-vous que cela me fasse ? Au bout de quelques jours de mariage nous nous séparerons d'un commun accord. Vous aurez toute votre liberté... j'aurai la mienne ; une riche pension assurera votre indépendance, vous

* Régina, Basquine, Scipion.

vivrez où vous voudrez... vous ferez ce que vous voudrez... j'agirai de même... et nous ferons comme tant d'autres ménages. D'après ce que j'ai tenté hier... vous voyez ce dont je suis capable; réfléchissez bien, il faut que ce mariage se fasse et qu'il se fasse promtement, sinon dans peu de jours tout Paris saura les intrigues amoureuses de mademoiselle Régina de Noirlieu, avec un misérable saltimbanque.

RÉGINA.

Mais on n'ajoutera pas foi à une pareille calomnie.

SCIPION.

Détrompez-vous, la société est trop avide de petites histoires scandaleuses pour ne pas les propager... Choisissez donc... entre un mariage qui, je vous le répète, vous laissera toute votre liberté, ou une lutte sans merci ni pitié...

RÉGINA.

Et j'avais la faiblesse... la lâcheté de vouloir cacher à votre père... ce que cette nuit...

SCIPION.

C'est la première confidence que je lui ferai à son retour... afin que comme vous il juge par là de ma résolution... Je compte sur lui pour vous décider, car, à lui aussi, je dirai que je veux ce mariage à tout prix. (*En parlant, il s'avance vers Régina, qui recule et semble se réfugier sous la protection de Basquine, qui s'est tenue un peu à l'écart immobile et muette.*)

RÉGINA.

O mon Dieu!

SCIPION.

Et si demain à midi je ne suis pas assuré de votre consentement, attendez-vous, ma chère cousine... (*En ce moment il est tout près de Régina, qui tombe défaillante; il va prendre sa main, Basquine passe entre elle et lui et le repousse avec énergie.*)

BASQUINE.

Arrière, monsieur... je ne veux pas que vous vous approchiez davantage.

SCIPION.

Basquine en colère!

BASQUINE.

Oui, Basquine révoltée de tant d'audace et d'infamie... Basquine à qui l'indignation donne plus de force qu'il n'en faut pour lutter contre toi!... Ah! cela t'étonne; je n'étais qu'un ver de terre... mais pendant que ton pied m'écrase, je relève la tête et je crie au ciel... Frappez, mon Dieu! mais frappez donc... et anéantissez cet infâme!

SCIPION.

Tu vas chercher ton secours un peu loin.

BASQUINE.

N'essaie pas de sourire, car la terreur est au fond de ton âme...

Levez-vous, mademoiselle. (*Elle la prend et la soutient d'un bras.*) Levez-vous pour écraser de plus haut sa menteuse audace... Je le sais bien, Vicomte, tu ne fléchiras pas devant nous, ton orgueil satanique te soutient encore... mais ne sois jamais seul... car mes prédictions de chute et de châtiment se lèveront devant toi et viendront te mordre au cœur.

SCIPION.

Fille de l'enfer! (*Il s'arrête en voyant entrer un domestique.*)

BASQUINE, *à mi-voix.*

Tiens! la présence de cet homme suffit pour te forcer à rentrer ta rage... un valet te fait peur!

SCIPION, *bas.*

C'est une guerre à mort...

BASQUINE, *bas.*

J'accepte!... tu mourras *!...

SCIPION, *à Régina.*

Vous m'avez entendue, réfléchissez. (*Il sort.*)

## SCÈNE III.

### RÉGINA, BASQUINE.

RÉGINA.

Le dernier regard de cet homme ne vous épouvante pas?

BASQUINE.

Maintenant, mademoiselle, qu'un danger vous menace, je vous suivrai partout... Si faible que soit mon appui... il pourra vous servir... je partagerai du moins vos périls.

RÉGINA.

Généreuse enfant!

BASQUINE.

Une heure et je suis prête! On vient vous annoncer quelqu'un, je ne vous laisse pas seule, adieu.

RÉGINA, *la retenant un instant par la main.*

Adieu, mon amie.

BASQUINE, *lui baisant la main avec transport.*

Oh! quels mots vous savez trouver... Adieu, adieu! (*Elle sort par la gauche.*)

RÉGINA, *au domestique qui est resté au fond.*

Que voulez-vous?

LE DOMESTIQUE.

M. Martin demande si mademoiselle peut le recevoir...

RÉGINA.

Priez-le d'entrer... Mon Dieu, donnez-lui du courage... et à moi aussi... Oui, il le faut, car ce misérable le tuerait...

* Régina, Scipion, Basquine.

## SCÈNE IV.

RÉGINA, MARTIN.

MARTIN.

Vous m'avez fait l'honneur de me prier de venir ici, mademoiselle;

RÉGINA.

Oui, M. Martin, j'avais besoin de vous voir, de vous exprimer toute ma reconnaissance pour le nouveau service que vous m'avez rendu... Cette nuit, muette de terreur, je n'ai pu trouver des paroles... je vous dois plus que la vie, M. Martin, je vous dois l'honneur.

MARTIN.

Je suis récompensé au delà de toutes mes espérances, mademoiselle, par le bonheur de vous avoir été utile...

RÉGINA.

Oui... oui, je sais que les cœurs comme le vôtre trouvent leur plus douce récompense dans le dévouement dont ils donnent les plus touchantes preuves, et c'est ce qui m'enhardit à vous adresser une prière...

MARTIN.

Oh ! parlez, qu'exigez-vous, mademoiselle !

RÉGINA.

L'auteur de l'odieux attentat auquel grâce à vous, M. Martin, j'ai pu échapper hier, vous est connu, et vous savez qu'unie à lui par les liens du sang, mon devoir m'impose des ménagements, car enfin, souiller son nom ce serait souiller le mien, et puis...

MARTIN.

Soyez sans inquiétude, mademoiselle, le nom qu'il porte le met à l'abri de toute insulte, de toute vengeance !

RÉGINA.

Mais vous ne connaissez pas le caractère froidement méchant de Scipion. C'est peu de vous poursuivre de ses insultes, de ses menaces... il aura recours à la calomnie, aux mensonges les plus odieux... De grâce, M. Martin, ayez pitié de moi... je n'ai pas le courage d'achever ma pensée...

MARTIN.

Je l'ai déjà devinée, mademoiselle... Vous voulez me prier de m'éloigner, de ne plus vous revoir?...

RÉGINA, *baissant les yeux en signe d'assentiment.*

Il le faut, monsieur Martin !...

MARTIN.

Il le faut... soit ! Mais à mon tour, je vous dirai : De grâce ! mademoiselle, ne cherchez point un prétexte pour m'imposer cet exil, j'en connais la cause !...

RÉGINA.

La cause!

MARTIN.

A cet homme, à cet ami d'enfance dont je ne pouvais vaincre autrement l'erreur et l'obstination, j'ai dit que je vous aimais.

RÉGINA.

Oui, je me souviens...

MARTIN.

C'était pour vous sauver, c'était pour que cet homme, mon ancien camarade, eût pitié de vous.

RÉGINA.

C'était seulement pour venir à mon secours?

MARTIN.

Comment aurais-je osé de si bas, élever les yeux jusqu'à vous! Un malheureux disputant sa vie à la misère aurait l'audace d'aimer une héritière que sa fortune, sa noblesse, sa beauté rendent un objet d'envie pour les plus riches et les plus nobles!... Oh! non, vous le comprenez bien! c'est impossible.

RÉGINA.

Monsieur Martin, je vous avais prié de ne pas m'affliger; au nom des heureuses années de notre enfance, au nom de tout le bien que vous m'avez fait, que je n'ai point oublié, que je n'oublierai jamais... cessez de me désespérer en me disant que vous ne m'aimez plus...

MARTIN.

Ne pas vous aimer! mais je ne l'ai pas dit, mais je ne l'ai pas pensé!... mais vous ne l'avez pas cru, toute ma vie, toutes mes actions ne vous crient-elles donc pas : Il t'aime! Honteux de ce qu'il est, regarde-le bien!... il renferme ce secret au fond de son cœur, il se tait, il dévore ses larmes, il étouffe ses tortures; mais regarde ce front où la douleur trace son sillon, cet œil qui se détourne, ces tressaillements qui l'agitent à ton approche... Ah! c'est un malheureux!... il t'aime! il t'aime!.

## SCÈNE V.

LES MÊMES, DURIVEAU.

RÉGINA, *l'apercevant.*

Mon tuteur!

MARTIN, *se levant, à pa.t.*

Mon père!

DURIVEAU, *s'approchant lentement.*

Régina, laissez-nous! (*Elle paraît hésiter.*) Laissez-nous, je vous prie... (*Elle sort.*) Monsieur, il y a quelques jours, ma pupille effaçait de mon esprit les préventions que notre première entrevue avait dû me donner, elle me disait vos premières années, vos soins délicats, cette cassette arrachée à un malfaiteur et rapportée ici par vous; après l'avoir entendue, je vous croyais un homme d'honneur.

MARTIN.

Je vous en conjure, monsieur le comte, ne changez pas d'opinion.

DURIVEAU.

En montant ici, je m'attendais à quelque malheur : cet air singulier et préoccupé des gens de la maison... la pâleur de M^lle Honoré qui fuit à mon approche... tout me semblait d'un funeste augure; mais j'étais loin de croire qu'un homme, abusant de l'intérêt qui s'attache à un malheur non mérité, oserait dans ma maison...

MARTIN.

Ma position est cruelle, monsieur le comte, je ne puis me défendre.

DURIVEAU.

Le roman a voulu jeter un grand intérêt sur ces enfants du hasard qui blasphèment contre le monde où les a jetés l'abandon... Il y a un assez beau mouvement à se dire bâtard; cependant ce n'est peut-être pas un titre suffisant que le mépris de son père et la honte de sa mère...

MARTIN.

Arrêtez, de grâce, vous regretteriez ces paroles.

DURIVEAU.

Des menaces!

MARTIN.

Non, monsieur le comte!

## SCÈNE VI.

### DURIVEAU, CLAUDE GÉRARD.

CLAUDE GÉRARD, *qui vient d'entrer et a entendu les dernières paroles; d'une voix sévère.*

Martin, retirez-vous, mais sans vous éloigner.

DURIVEAU, *à lui-même.*

Que signifie...

CLAUDE GÉRARD.

C'est à moi de répondre à monsieur le comte... (*Martin sort par la droite.*)

DURIVEAU.

Expliquez-vous, monsieur.

CLAUDE GÉRARD.

Dans ces traits creusés par le chagrin, sous ces cheveux blanchis avant l'âge, vous ne reconnaissez pas, monsieur le comte, l'homme qui après tant d'années vient à vous?...

DURIVEAU.

Non ! il est vrai !

CLAUDE GÉRARD.

Cherchez dans votre mémoire, une de vos plus anciennes, et je le crois, une de vos plus sincères amitiés...

DURIVEAU, *allant vivement à lui.*

Claude Gérard, mon ami, toi !

CLAUDE GÉRARD, *le retenant.*

Claude Gérard, oui..., votre ami, non !

DURIVEAU.

Que dis-tu ? Après trente ans de séparation tu viens à moi, je t'accueille à bras ouverts, et tu ne veux pas être mon ami !...

CLAUDE GÉRARD.

Sur ces trente ans de séparation, comptez-en vingt-cinq voués à la douleur,.. aux plus cruels regrets, écoutez votre nom mêlé à toutes mes plaintes... je ne veux pas dire à mes imprécations, et voyez si je puis vous appeler mon ami...

DURIVEAU.

Je ne comprends pas...

CLAUDE GÉRARD.

Au milieu des plaisirs du monde, des distractions, du luxe, on oublie si vite le mal qu'on a fait et dont on ne souffre pas...

DURIVEAU.

Au nom du ciel ! explique-toi.

CLAUDE GÉRARD.

Vous souvient-il de Perrine, séduite, abandonnée?

DURIVEAU.

Forcé par ma famille d'accepter un poste près d'une cour étrangère, j'ignorai tout d'abord... mais lorsque je sus...

CLAUDE GÉRARD.

Vous avez su sa malédiction, sa fuite... sa raison troublée, son enfant perdu, et sa disparition au milieu de cette foule qui se cache pour mendier et souffrir... Avez-vous su aussi que le coup qui frappait cette infortunée rebondissait plus terrible encore peut-être sur le cœur d'un homme honnête, sincèrement et profondément épris, qui avait promis à cette femme une vie d'amour et de dévouement, et qui, au retour d'une absence, n'a pas même pu consoler la coupable déjà proscrite et errante, ni la venger, puisque le suborneur avait été son premier, son plus cher ami ?

DURIVEAU.

Grand Dieu ! que dis-tu ?... Ah ! pardon ! mille fois pardon ! Claude Gérard, depuis que je connaissais le malheur de Perrine, je ne croyais pas que rien pût être ajouté à mes regrets, mais je te retrouve, et ton malheur a été mon ouvrage. Ah ! pardonne ! dis-moi ce qu'il faut faire...

CLAUDE GÉRARD.

Dieu ne permet pas à l'homme de réparer le passé !

DURIVEAU.

Et crois-tu donc que sa justice m'ait épargné ? Tandis que Perrine me maudissait, j'épousais la fille d'une grande maison, qui devait flatter mon orgueil et mon ambition. Au bout de deux années d'une union sans amour et sans bonheur, elle me laissait en mourant un fils dont ma lâche faiblesse n'a pas réprimé les mauvais penchants... Il a vingt ans à peine, et déjà la fortune de sa mère est dévorée. Dans cette vie de désordre, dans cette lutte de débauche entre jeunes insensés, il a perdu tout sentiment du droit et du bien ; son cœur s'est perverti, les affections les plus saintes, il les a méconnues ; l'amour même de son père s'est retiré devant cette gangrène... Oh ! je suis bien puni, va, Claude, car ce fils qui porte mon nom ne reculerait pas devant le crime, et dans mon affliction, plus d'une fois a surgi cette pensée... Il eût mieux valu qu'il ne vînt pas au monde.

CLAUDE GÉRARD.

Comte Duriveau, j'étais venu à vous l'âme forte et sûr de moi... mais vous me parlez comme autrefois de vos peines, comme autrefois, vous m'ouvrez votre cœur, et comme autrefois je te tends la main en te disant : Ami !

DURIVEAU.

Ah ! voilà le premier moment où depuis long-temps mes larmes ne sont point amères ; il me semble que le sort va m'être moins contraire... mais dis moi ces détails sur Perrine...

CLAUDE GÉRARD.

Je l'ai revue... j'ai revu son fils...

DURIVEAU.

Son fils !...

CLAUDE GÉRARD.

Une noble nature, une belle intelligence... le hasard l'a remis tout jeune entre mes mains... je l'ai élevé avec amour... Dieu a béni mon ouvrage... un roi serait fier de lui... Il est ma joie !... mon orgueil !

DURIVEAU.

Ce fils ! ce noble enfant, qui donc est-il ?

CLAUDE GÉRARD.

Celui que tu insultais tout à l'heure.

DURIVEAU.

Lui !...

CLAUDE GÉRARD.

Tu pouvais l'outrager... il gardait le silence... il savait que tu étais son père...

DURIVEAU.

Mon Dieu ! quel trouble tu jettes dans mon cœur... Et sa mère... sa raison ?...

CLAUDE GÉRARD.

Lui a été rendue pour comprendre sa honte et son abandon.

DURIVEAU.

Ah ! je veux lui faire tout oublier... tout réparer...

CLAUDE GÉRARD.

Bien ! mon ami.

DURIVEAU.

Quoique ma fortune ait souffert, cependant, grâce au ciel, je puis encore assurer son existence... Demain, amène Perrine à ma campagne à Saint-Gérant... je veux la voir... J'ai en Touraine un bien que je lui abandonnerai... je veux qu'elle vive dans l'aisance, qu'elle rajeunisse dans le bien-être, qu'elle aime encore la vie et ne maudisse plus mon nom...

CLAUDE GÉRARD.

Et sous quel titre l'établiras-tu dans cette propriété?... comme ta fermière, ou ta maîtresse émérite?

DURIVEAU.

Que veux-tu dire? est-ce que je ne fais pas assez?...

CLAUDE GÉRARD.

Non!

DURIVEAU.

Que faudrait-il donc faire?...

CLAUDE GÉRARD.

L'épouser.

DURIVEAU.

Tu n'y penses pas, mon ami!

CLAUDE GÉRARD.

Pourquoi?

DURIVEAU.

Mais pour mille raisons!

CLAUDE GÉRARD.

Lesquelles?

DURIVEAU.

Je suis noble...

CLAUDE GÉRARD.

Après?

DURIVEAU.

On me montrerait au doigt...

CLAUDE GÉRARD.

Après?

DURIVEAU.

Toute ma famille me blâmerait.

CLAUDE GÉRARD.

Après?

DURIVEAU.

Mais ne trouves-tu pas que ce soit assez?

CLAUDE GÉRARD.

Veux-tu me permettre quelques questions?...

DURIVEAU.

Parle...

CLAUDE GÉRARD.

Perrine, par sa coquetterie, par quelque manége, t'a-t-elle donné à penser qu'elle eût formé le projet de te séduire?

DURIVEAU.

Non, elle a toujours été une jeune fille modeste et réservée.

CLAUDE GÉRARD.

As-tu eu quelque peine à triompher de sa vertu?

DURIVEAU.

Oui!

CLAUDE GÉRARD.

Ne lui as-tu pas promis de l'épouser?

DURIVEAU, *avec embarras.*

Oui.

CLAUDE GÉRARD.

As-tu pris le ciel à témoin de tes serments?

DURIVEAU.

Oui!

CLAUDE GÉRARD.

As-tu engagé ton honneur?

DURIVEAU.

Oui...

CLAUDE GÉRARD.

Comte Duriveau, je ne suis pas plus sévère que le monde pour ces intrigues qu'il voit naître et qu'il oublie; mais quand on va dans une honnête famille chercher une pauvre enfant qu'on égare, dont on trouble la raison, que l'on fascine par les illusions d'un brillant avenir, oh! alors, vois-tu, il faut tenir le serment que Dieu a reçu, il faut racheter son honneur; je ne vois qu'une seule position où l'on puisse s'en dispenser, c'est celle du prince que la raison d'état enchaîne... Réjouis-toi donc, Charles, remercie Dieu de pouvoir être honnête homme... Et ce mariage, ne t'en fais pas un mérite, car il t'apporte le bonheur; regrette, ami, qu'il ne te coûte aucun sacrifice, qu'il ne t'ôte point toute ta fortune, à ce prix tu pourrais dire encore: Ne fais-je pas bien de dégager la foi que j'ai donnée?... Mais Perrine t'apporte un trésor sans prix, un fils digne de toi, un fils digne d'amour et d'estime... (*En parlant, il ouvre la porte de l'appartement où est entré Martin, qu'il prend par la main.*) Et maintenant, ivre de joie et d'orgueil, tu peux crier au monde entier: Ne fais-je pas bien de racheter mon honneur? (*Pendant qu'il parle, Duriveau se promène avec inquiétude, Martin se trouve devant le Comte, qui lui ouvre les bras**.

* Duriveau, Martin, Claude Gérard.

DURIVEAU.

Viens, mon fils! viens... je veux racheter mon honneur!

MARTIN.

Mon père!

CLAUDE GÉRARD, *s'approchant de Duriveau.*

Charles! il y a trente ans que nous ne nous sommes embrassés. (*Ils tombent dans les bras de l'un de l'autre.*)

---

## DIXIÈME TABLEAU.

Le théâtre représente une partie du parc de Saint-Gérant... Au quatrième plan, vers le milieu de la scène, un pavillon rustique avec une petite galerie supérieure, attenant au château dont on aperçoit, sur la gauche, la première fenêtre; le reste se perd derrière les arbres... A droite, sur le même plan que le pavillon, une petite maisonnette derrière laquelle on voit paraître la moitié d'une roue de moulin à eau immobile dans une rivière qui coule au dernier plan... Au premier plan de gauche, massif d'arbres et d'arbustes où l'on peut ne pas être aperçu du fond; à droite, une pile de bois de chauffage entassé.

### SCÈNE I.

SCIPION, LA LEVRASSE, LÉONIDAS, Mlle HONORÉ *dans le pavillon dont la porte et la fenêtre sont ouvertes... Scipion, la Levrasse et Léonidas entrent par la droite.*

SCIPION, *paraissant seul d'abord et regardant autour de lui.*

Nous arrivons les premiers... personne encore ne nous gêne... entrez et glissez-vous derrière ce massif. (*La Levrasse et Léonidas entrent avec précaution et vont se placer sous les arbres du massif.*)

LA LEVRASSE, *très-abruti, à mi-voix.*

Nous vous attendions depuis une demi-heure à l'entrée du village .. nous sommes venus de confiance... Voulez-vous me dire maintenant... (*Mlle Honoré chante en rangeant dans le pavillon.*)

SCIPION.

Silence! tu sais bien qu'il y a quelqu'un là! tais toi! et regarde à travers les branches. (*Il sort du massif et dit à haute voix.*) Est-ce vous, mademoiselle Honoré?

Mlle HONORÉ, *à la fenêtre.*

Oui, monsieur le Vicomte. . c'est moi qui range dans le pavillon de mademoiselle Régina.

SCIPION.

Est-ce qu'elle va habiter là, ce soir?

Mlle HONORÉ.

Vous savez bien qu'elle ne veut jamais d'autre chambre.

SCIPION.

Mais on dit que mon père vient aussi et qu'il amène du monde.

Mlle HONORÉ.

Oui, oui, monsieur le Vicomte ; aussi toutes les chambres du château sont déjà prêtes... si on avait su plus tôt, on aurait mieux arrangé, on aurait au moins enlevé ce bois dont on a fait la coupe... et qui gêne pour entrer dans les appartements.

SCIPION.

C'est bien, continuez votre ouvrage dans le pavillon, je vais monter chez moi... (*Il rentre dans le massif.*)

LA LEVRASSE.

Nous avons écouté...

LÉONIDAS.

Et nous avons regardé...

SCIPION.

Tu as vu en arrivant comment est bâti ce pavillon?

LA LEVRASSE.

Il est en bois rustique et en construction légère.

SCIPION.

Comment communique-t-il au château?

LA LEVRASSE.

Sans doute par une porte intérieure.

SCIPION.

Et si l'on fermait cette porte?

LA LEVRASSE.

On ne pourrait plus sortir que de ce côté.

SCIPION.

Et si l'on fermait aussi de ce côté fenêtre et porte?

LA LEVRASSE, *hésitant.*

Alors...

LÉONIDAS.

Allez donc, père la Levrasse... Alors on ne pourrait plus sortir du tout.

LA LEVRASSE.

C'est vrai.

SCIPION.

Eh bien, dans la pièce où communique cette porte intérieure, il y a un cabinet. . je vais t'y conduire, tu prendras la clef en dedans, et tu attendras que tout le monde soit retiré, alors tu fermeras, tu barricaderas toutes les portes... tu amasseras des meubles devant, de manière qu'on ne puisse entrer dans cette pièce, ni du pavillon, ni du château; quand tu auras terminé, tu ouvriras la fenêtre que tu vois dans le coin, et tu descendras dans le jardin : je t'y rejoindrai bientôt.

LA LEVRASSE.

Je comprends... je... (*Il s'apprête à éternuer, Léonidas lui donne un grand coup de pied.*) Misérable Léonidas!

SCIPION.

Êtes-vous fou?

LÉONIDAS.

Pas du tout; je sais fort bien ce que je voulais faire : l'empêcher d'éternuer... A-t-il éternué? Non! Il y a longtemps que je me dis : Une secousse, une émotion doit arrêter... et cette émotion-là... est celle que je connais le mieux.

LA LEVRASSE.

Il a mes bottes!... et de quel droit?

LÉONIDAS.

De la supériorité qu'a sur un enchifrenement éternel, un homme qui est maître de son nez. (*L'écartant avec dédain.*) C'est ici d'ailleurs le moment de s'expliquer franchement... Je ne sais pas encore où monsieur le Vicomte veut en venir... Mais je ne me compromets pas avec un homme qui est frappé d'incapacité par la nature... Travailler dans notre genre avec cette infirmité... c'est Lovelace avec un nez de fer-blanc... L'enfermer dans un cabinet... Mais il nous trahira... On croirait que c'est une carotte de tabac qui fait une explosion anticipée... Mais il ferait inventer à la police l'éternuement de sûreté...

SCIPION.

Léonidas a raison... C'est lui que je vais mener au château... (*A la Levrasse.*) Toi, tu vas te cacher dans le parc, et quand onze heures sonneront, tu reviendras à ce même endroit.

LA LEVRASSE.

Mais, j'espère bien qu'avant cela je saurai...

SCIPION.

Écoute... cette voiture... C'est Régina, qui arrive. Pas un moment à perdre... Léonidas, avec moi; la Fressure, dans le parc.

LÉONIDAS.

Dans votre état, prenez garde au serein.

## SCÈNE II.

RÉGINA, BASQUINE, Mlle HONORÉ, *entrant par la droite.*

RÉGINA.

Nous voici arrivées... Il me semble que je respire plus à l'aise.

BASQUINE.

Oh! il y a bien longtemps, que je n'avais vu tant de ciel et tant de verdure...

RÉGINA.

Demain, nous réglerons l'emploi de nos journées, nous formerons nos projets, et rien, j'espère, ne viendra nous troubler.

Mlle HONORÉ, *venant du pavillon.*

Mademoiselle, tout est prêt.

RÉGINA.

Merci, ma bonne; voulez-vous conduire mademoiselle chez elle... (*Indiquant la maisonnette.*) Dans une demi heure rendez-vous ici.

BASQUINE.

C'est convenu! (*Elle dit adieu à Régina, qui entre dans le pavillon. A M*lle *Honoré.*) Si vous voulez m'indiquer... je vous suis... (*Pendant les derniers mots de la scène précédente, on a vu Bamboche se cacher du côté du moulin, à droite; au moment où M*lle *Honoré sort de scène pour guider Basquine, Bamboche sort de sa cachette et se présente à Basquine qui s'arrête.*)

## SCÈNE III.

BASQUINE, BAMBOCHE.

BASQUINE.

Toi ici?

BAMBOCHE.

Il faut bien que je coure après toi, puisque tu me fuis...

BASQUINE.

Comment es-tu venu?

BAMBOCHE.

Ceux qui sont derrière une voiture vont aussi vite que ceux qui sont dedans.

Mlle HONORÉ.

Mademoiselle...

BASQUINE.

Je rentre à l'instant. (*M*lle *Honoré disparaît.*) Que veux-tu?

BAMBOCHE.

Basquine... tu n'as jamais menti?

BASQUINE.

Tu le sais bien.

BAMBOCHE.

Alors réponds-moi franchement comme toujours... As-tu, oui ou non, fui pour m'échapper?

BASQUINE.

Oui!

BAMBOCHE.

Pourquoi?

BASQUINE.

J'avais mes raisons...

BAMBOCHE, *avec colère.*

Quelles sont-elles? réponds, ou sinon... (*Frappant du pied.*) Répondras-tu?...

BASQUINE.

Jamais à des menaces...

BAMBOCHE.

Oh! quel caractère d'enfer... Allons, voyons, j'ai eu tort de m'emporter... Basquine, je t'en supplie, réponds-moi... Pourquoi es-tu venue ici sans me prévenir... comme pour te cacher de moi?...

BASQUINE.

Tu veux savoir la vérité?

BAMBOCHE.

Oui!

BASQUINE.

Prends garde... elle est cruelle...

BAMBOCHE.

Va, va.., j'ai la peau dure...

BASQUINE.

Au fait, mieux vaut une explication nette et franche... pour notre repos à tous deux...

BAMBOCHE.

C'est ce que j'ai pensé...

BASQUINE.

Eh bien, je te méprise...

BAMBOCHE, *furieux.*

Hein!... tu dis?...

BASQUINE.

Je dis que je te méprise...

BAMBOCHE, *lui prenant le bras.*

Mille tonnerres...

BASQUINE, *froidement.*

Tu me fais mal, mais qu'est-ce que cela prouve?

BAMBOCHE, *la laissant.*

C'est vrai... ça ne prouve rien; mais ce que tu vas me prouver, toi, et à l'instant même, entends-tu, à l'instant, c'est que je mérite que tu me méprises... Oh! il ne s'agit pas de frapper comme ça... (*Avec émotion et mettant la main sur sa poitrine.*) de frapper comme ça... les gens... droit au cœur... sans leur apprendre pourquoi...

BASQUINE.

Tu t'es fait le complice d'une action atroce.

BAMBOCHE.

Moi?...

BASQUINE.

Tu t'est joint à la Levrasse, au vicomte Scipion pour enlever Mlle Régina, et sans l'arrivée de Martin... l'enlèvement s'accomplissait par toi... et c'est infâme...

BAMBOCHE, *se contraignant.*

Et ensuite? je n'ai rien fait pour aider et sauver Mlle Régina... n'est-ce pas? Une fois que j'ai connu la vérité... ce n'est pas moi qui ai contenu le vicomte pendant que Martin emmenait Mlle Régina...

BASQUINE.

Oui, à la voix de Martin... la honte, le remords de ta méchante action t'est venu ; mais il n'en est pas moins vrai que tu as d'abord accepté d'être complice d'une lâche violence... que tu es faible, que tu n'as pas cette haine du mal et des méchants que je sens bouillonner en moi... Tu as revu ces misérables qui ne savent vivre que de bassesses et de crimes, tu les reverrais encore...

BAMBOCHE.

Oh ! non, et je te promets...

BASQUINE.

Ne promets pas... Quand j'ai appris que tu avais été leur complice... si j'avais été ta femme, je me serais tuée.

BAMBOCHE.

Tuée... pourquoi ?

BASQUINE.

Parce que je t'aime, moi... comme je comprends qu'on aime, en faisant de ton nom mon nom, de ton honneur mon honneur, de ta vie ma vie, de telle sorte que l'un soit responsable des actions et presque des pensées de l'autre.

BAMBOCHE.

Tu m'aimerais comme ça... Si tu pouvais me commander tout de suite quelque grande action bien dangereuse, je la ferais, et tu serais peut-être contente.

BASQUINE.

Ces occasions-là sont rares ; mais ce dévouement que tu veux me prouver en une fois, donne-le-moi en détail, un peu tous les jours... Ne nous voyons pas pendant trois ans, deviens bon ouvrier, fuis les mauvaises gens... reviens à moi, alors je te tendrai la main et je te dirai : Bamboche, je t'ai aimé jusqu'à présent comme un frère, maintenant veux-tu de moi pour ta femme ?...

BAMBOCHE.

Vrai ? vrai ? tu diras cela... Basquine ! ma Basquine... tiens, je ne sais pas comment tu t'y prends pour me retourner comme cela. Je devrais être en colère, et pas du tout... j'ai le cœur gros... tu me désespères, et je te remercierais presque.

BASQUINE.

C'est parce qu'en toi il y a tout le bon qui fait que je t'aime...

BAMBOCHE.

Dis donc, Basquine, s'il y a du bon, ne mets que deux ans...

BASQUINE.

Tu le veux ?...

BAMBOCHE.

Oh ! oui.

BASQUINE.

Dans deux ans... soit.

## SCENE IV.

LES MÊMES, CLAUDE GÉRARD, *entrant par la droite.*

BAMBOCHE.

Claude Gérard, c'est mon affaire... Maître Claude, où allez-vous demeurer?

CLAUDE GÉRARD.

J'achève la mission que je m'étais donnée, et je m'éloignerai... j'irai vivre dans quelque retraite solitaire...

BAMBOCHE.

Voulez-vous m'emmener avec vous?

CLAUDE GÉRARD.

Comment?

BAMBOCHE.

Pour faire de moi comme Martin un bon et brave garçon... Dame, ce sera peut-être plus difficile, mais je vous jure que j'y mettrai du mien...

CLAUDE GÉRARD.

J'accepte, mon ami, et à nous deux nous réussirons.

BAMBOCHE, *timidement.*

Oui... Mais dites donc, Martin a mis huit ans! c'est diablement long, je ne voudrais pas y mettre plus de deux ans.

CLAUDE GÉRARD, *souriant.*

Eh bien! en deux ans on tâchera.

BAMBOCHE.

Es-tu contente de mon commencement, Basquine?

BASQUINE.

Oui, et j'ai confiance.

BAMBOCHE, *avec un gros soupir.*

Allons, adieu... je retourne à Paris, je veux voir Martin.

CLAUDE GÉRARD.

Il va venir ici.

BAMBOCHE.

Ici, oui, mais avec du monde... Basquine, veux-tu lui dire que comme je ne dois plus te voir... deux ans... je ne veux pas être ici demain, et que ce soir quand tout le monde sera couché, tiens, à minuit, je l'attendrai ici pour lui dire adieu?

BASQUINE.

Je te le promets. (*A part.*) Je viendrai avec lui.

BAMBOCHE.

Voilà que j'ai tout dit... il faut s'en aller... (*Regardant à gauche.*) J'aperçois du monde, cela me donne du courage. (*A Basquine.*) C'est bien vrai que tu m'aimes?...

BASQUINE.

Je te le jure par notre amitié d'enfance.

* Claude Gérard, Bamboche, Basquine.

BAMBOCHE.

Ça doit pourtant me donner de la force... adieu ! adieu. (*Il sort précipitamment.*)

BASQUINE, *avec émotion.*

Maître Claude, vous me le rendrez...

CLAUDE GÉRARD.

Oui, ma généreuse enfant... Tenez, regardez... (*Il lui montre Martin.*)

## SCÈNE V.

LES MÊMES, DURIVEAU, MARTIN, *puis* RÉGINA.

BASQUINE, *courant à Martin*

Mon frère ! mon bon frère !

MARTIN.

Ma chère Basquine, ma bonne sœur...

DURIVEAU.

Claude, nous voici, comme je te l'avais promis... Où est Perrine ?

CLAUDE GÉRARD.

Je l'ai conduite au château, où elle nous attend.

MARTIN, *à Basquine.*

Je sais tout, et je t'aime encore plus qu'autrefois.

BASQUINE.

Et toi, qu'es-tu devenu ?... que fais-tu ?

MARTIN.

Tu vas le savoir.

RÉGINA, *qui est descendue du pavillon.*

On m'annonce votre arrivée, mon cher tuteur, et on me dit que vous me demandez. (*Apercevant Martin.*) Monsieur Martin !

DURIVEAU.

Oui, mon enfant, je vous ai demandée pour commencer par vous une grande réparation... Régina, je vous présente mon fils....

RÉGINA.

Que dites-vous ? votre fils !

DURIVEAU.

Oui, et j'ai des torts cruels à expier envers lui.

MARTIN.

Ah ! mon père !...

DURIVEAU, *montrant Régina.*

Maintenant, mon fils, tu peux l'aimer.

RÉGINA.

Je puis à peine croire...

## SCÈNE VI.

LES MÊMES, SCIPION.

SCIPION.

Tableau de genre !... Scène de Berquin !

DURIVEAU.

Mes amis, rentrez, rentrez je vous prie, je vous rejoins à l'instant, j'ai à parler à monsieur...

CLAUDE GÉRARD.

Viens, Martin, viens...

MARTIN.

Où me conduisez-vous ?

CLAUDE GÉRARD.

Dans les bras de ta mère !... (*Claude Gérard et Martin sortent par la gauche, Basquine rentre dans sa maisonnette et Régina dans le pavillon.*)

## SCÈNE VII.

DURIVEAU, SCIPION.

SCIPION.

Eh bien ! puisque tu veux causer, causons !

DURIVEAU.

Prenez un autre ton, monsieur...

SCIPION.

Je conserve celui que j'ai toujours eu... Pourquoi as-tu changé ?...

DURIVEAU.

Ne vous y trompez pas... vous n'avez plus devant vous le père faible et lâche qui croyait à force de tendresse triompher de vos mauvaises inclinations, qu'une plaisanterie désarmait, à qui une caresse otait toute force et tout courage. Il n'y a devant vous que l'homme d'honneur que vous avez indigné.

SCIPION.

Ah bah ! il y a bien un peu de l'ancien jeune homme qui séduisait une jeune fille?

DURIVEAU.

Vous osez plaisanter d'une faute que je pleure !

SCIPION.

Il est vrai que j'ai aussi devant moi le pécheur converti.

DURIVEAU.

Quand il expie un crime, honorez votre père.

SCIPION.

Et aussi quand il appellera à lui le bâtard ?

DURIVEAU.

Ne vous targnez pas du sot orgueil qui veut rendre l'enfant comptable des fautes de son père. Tous les bras, tous les cœurs s'ouvriront pour le fils qui rachète la tache de sa naissance par le travail et le courage, tandis que tous repousseront l'enfant qui n'a pour lui que les droits de la loi et qui par ses désordres devient un bâtard d'honneur et de loyauté.

SCIPION.

Autrefois je t'aurais dit que tout cela est souverainement absurde..

LE COMTE.

Assez, monsieur... lisez... lisez cette lettre...

SCIPION.

Qu'est-ce que cela? l'écriture de la Fressure. (*Il lit.*)

LE COMTE.

Un faux! vous avez fait un faux!

SCIPION, *rendant froidement la lettre.*

Quand je te disais qu'il fallait que ce mariage se fît... autant dans mon intérêt que dans le tien...

LE COMTE.

Dans le mien!

SCIPION.

Je dois des sommes considérables à la Fressure; il a pour nantissement le faux dont il parle. S'il me poursuit, ma flétrissure rejaillira sur toi... car nous portons le même nom... je pense.

DURIVEAU.

Ce n'est plus de l'insolence, ce n'est plus de l'audace et de l'insulte... c'est de la démence...

SCIPION.

Pardon, c'est de la belle et bonne logique...

DURIVEAU, *tirant de sa poche un portefeuille.*

Il y a dans ce portefeuille cinq mille francs... je vais les remettre à un homme de confiance... vous partirez à l'instant pour Paris... Demain matin, il vous accompagnera au Hâvre, payera votre passage pour l'Amérique... une fois le bâtiment sous voile, vous remettra le reste de la somme... arrivé en Amérique, avec deux années d'existence assurées... vous ferez comme tant d'autres qui ont demandé du pain à leur intelligence... à leur travail... et au besoin, à leurs bras...

SCIPION.

C'est une plaisanterie.

DURIVEAU.

Peut-être cette vie rude et pauvre pourra-t-elle vous régénérer... sinon, votre mauvais sort s'accomplira.

SCIPION.

Et vous croyez que je serai assez naïf pour m'expatrier?

DURIVEAU.

J'en suis sûr.

SCIPION.

Vraiment!...

DURIVEAU.

J'en suis sûr, vous dis-je... parce que si vous ne partez pas, si vous n'exécutez pas mes ordres de point en point...

SCIPION.

Qu'adviendra-t-il?

DURIVEAU.

Aujourd'hui même je porte plainte contre cet usurier et je vais ainsi hautement au-devant de l'éclat dont vous me menacez... Je dis non moins hautement que j'ai un fils indigne, infâme, que je renie... que je maudis à la face de Dieu et des hommes, et... soyez tranquille... mon nom honoré pendant quarante-cinq ans sortira pur de cette terrible épreuve.

SCIPION.

Je conçois votre superbe insouciance à l'endroit de votre fils légitime... le jour où vous avez retrouvé un bâtard!

DURIVEAU.

Oui, la journée est bonne, je perds un fils infâme, et je retrouve un fils digne de porter mon nom...

SCIPION.

Et d'épouser Régina sans doute ?

DURIVEAU.

Je l'espère.

SCIPION.

Mon père, prenez garde.

DURIVEAU.

Choisissez... Demain au Havre ou sous l'inflexible main de la justice *. Plus un mot ; je veux vous quitter sans vous maudire. (*Il rentre, la nuit est venue ; pendant cette scène on a vu M^lle Honoré apporter de la lumière dans le pavillon et fermer les volets.*)

## SCÈNE VIII.

### SCIPION, LA LEVRASSE.

SCIPION, *un moment seul.*

Ah! vous croyez qu'il faut encore attiser ma colère... Imprudent que vous êtes... vous l'avez voulu, l'heure est arrivée.

LA LEVRASSE.

Il y a longtemps que je n'entends plus rien... (*Il s'approche.*)

SCIPION.

Quelqu'un !... c'est la Fressure sans doute. (*A mi-voix.*) Est-ce toi ?

LA LEVRASSE.

Oui, je commence à en avoir assez ; il faut en finir.

SCIPION.

Cela ne va pas tarder... Écoute, tu as cru faire flores en écrivant à mon père.

LA LEVRASSE, *à part*.

Aie, aie!

SCIPION.

Je devrais te rompre le cou... mais je n'en ferai rien, parce que je trouve plus amusant de te dire que mon père va lui-même te dénoncer demain, si tu ne m'aides pas ce soir...

LA LEVRASSE.

A quoi?

SCIPION.

A tout réparer...

LA LEVRASSE.

Vous croyez qu'on peut encore...

SCIPION.

Qu'est-ce que dit le testament de monsieur de Noirlieu?

LA LEVRASSE.

Qu'il désire que sa fille épouse le vicomte Scipion Duriveau.

SCIPION.

Il ajoute aussi : Si ma fille venait à mourir avant son mariage avec ledit Vicomte, celui-ci hériterait de toute ma fortune... or je ne suis pas marié et je veux hériter, donc...

LA LEVRASSE.

Donc, ça ne s'enchaîne pas mal ; mais c'est un plat diablement chaud que celui où vous voulez me faire mettre les doigts.

SCIPION.

L'impunité est assurée... Toutes mes dispositions sont prises... derrière ce pavillon et dessous, des matières inflammables...

LA LEVRASSE.

Mais Léonidas voudra-t-il?

SCIPION.

Je lui ai déjà tout expliqué... il est des nôtres.

LA LEVRASSE.

Chut! on a sauté par là. (*La fenêtre du rez-de-chaussée s'ouvre, et Léonidas saute dans le parc.*) C'est lui!

## SCÈNE IX.

LES MÊMES, LÉONIDAS.

LA LEVRASSE.

Que faisais-tu donc là?

LÉONIDAS.

Ils n'en finissaient pas de se coucher... puis, écoutez donc!... Il y avait pas mal de portes à fermer, à barricader.

SCIPION.

Ainsi tu es sûr qu'elle ne pourra sortir.

LÉONIDAS, *montrant le pavillon*.

Par là, je ne sais pas. (*Montrant le château.*) Par ici, j'en suis sûr...

SCIPION. *Il va doucement à la porte du pavillon et la ferme à double tour.*

Je suis sûr à présent de ce côté aussi... Maintenant, apportez une corde qui est là près du moulin...

LA LEVRASSE, *à Léonidas pendant qu'ils vont prendre et apporter la corde.*

Pourquoi faire... le câble?

LÉONIDAS.

Ah! c'est que tu ne sais pas, toi, que quand les gens du monde s'en mêlent, ils font ces affaires-là bien mieux que nous... Ce n'est pas le tout que de mettre le feu à ce pavillon, elle pourrait se sauver.

LA LEVRASSE.

Puisque tout est fermé...

LÉONIDAS.

Enfin on ne sait pas.... Il faut donc, si l'on peut, faire écrouler le pavillon aussitôt que le feu aura commencé...

SCIPION, *à Léonidas.*

Pour cela, tu vas faire preuve de ton ancien talent d'acrobate et monter jusqu'à la galerie où tu attacheras solidement la corde.

LA LEVRASSE.

Pas mal, je comprends...

SCIPION.

Monte...

LÉONIDAS.

On va essayer... (*Il se passe la corde autour du corps et monte.*)

LA LEVRASSE.

Y es-tu?

LÉONIDAS.

Oui... (*Il l'attache.*) Et ça y est aussi... (*Il redescend.*) Mais dites donc, ce ne sera pas un bon métier de tirer le cordon si l'on vient au secours.

SCIPION.

Bien pensé... Il y a là une vanne?

LA LEVRASSE.

Oui!

SCIPION.

Si on la levait.... l'eau se précipiterait et ferait tourner avec une grande force la roue du moulin?...

LA LEVRASSE.

C'est parfaitement juste.

SCIPION.

Eh bien, attachez l'autre extrémité de la corde à la roue. Aussitôt le feu mis, levez la vanne; le pavillon ne résistera pas longtemps à de pareilles secousses.

LÉONIDAS, *à la Levrasse.*

Quand je vous disais... Il n'y a qu'un homme qui a reçu de l'éducation qui trouve ces choses-là.

SCIPION.

Allons, fais le tour de la maisonnette, je te passerai la corde... (*On voit le haut du corps de Léonidas par dessus la maisonnette dont il a fait le tour... La corde lui est jetée; elle se tend sous ses efforts.*)

LÉONIDAS, *revenant en scène.*

Est-ce bien?...

SCIPION.

Parfait! moi, je vais mettre le feu par derrière. Vous ici accumulez les obstacles, et par tous les moyens, empêchez qu'on ne puisse sortir du pavillon. (*Il disparaît.*)

LÉONIDAS.

Qu'est-ce qu'on pourrait mettre devant la porte?

LA LEVRASSE.

Attends... une idée m'est venue...

LÉONIDAS.

Ça a dû vous paraître drôle... il y avait longtemps.

LA LEVRASSE.

Vois-tu cette pile de bois?

LÉONIDAS.

C'est là votre idée?

LA LEVRASSE.

Oui, va te mettre derrière avec une perche, de manière à faire glisser l'étai, et quand je te dirai... pousse.

LÉONIDAS.

Je pousserai... ça va... à mon poste...

SCIPION, *paraissant au fond.*

Je viens de mettre le feu. Maintenant, à la vanne! (*Il remonte près du moulin et lève la vanne; on entend l'eau qui se précipite avec bruit; la roue du moulin s'ébranle et se débat sous l'effort; la corde vibre et secoue le pavillon; la fumée commence à environner le pavillon.*)

## SCÈNE X.

LES MÊMES, BAMBOCHE, *puis* RÉGINA, MARTIN *et* BASQUINE.

BAMBOCHE, *venant de la droite.*

Martin n'est pas encore arrivé... Allons, je le chargerai de mes adieux pour elle... Mais c'est singulier, il y a une odeur de fumée ici... du côté de ce pavillon... C'est là qu'est M^lle Régina (*On entend crier dans le pavillon : Au secours! au secours!*) Je ne me trompe pas... c'est elle, je reconnais sa voix.

RÉGINA, *dans le pavillon.*

Au secours! au secours!

BAMBOCHE.

Me voilà. (*Scipion arrive.*)

SCIPION, *lui barrant le passage.*

Où vas-tu?

BAMBOCHE.

Porter secours à ceux qui en ont besoin... Misérable! c'est donc toi qui as mis le feu?

SCIPION.

Tu ne passeras pas.

BAMBOCHE.

Qu'est-ce que tu dis donc, Vicomte?

SCIPION, *prenant un poignard.*

Tu ne passeras pas...

BAMBOCHE.

Une arme! à nous deux. (*Il lutte avec lui, parvient à le repousser et entre dans le pavillon.*)

LA LEVRASSE, *qui est revenu en scène.*

Pousse, Léonidas, pousse. (*La pile de bois commence à s'ébranler.*)

SCIPION, *courant au pavillon et fermant la porte derrière Bamboche.*

Tu es entré... tu ne sortiras plus...

LA LEVRASSE.

Oh! mon Dieu! c'est le Vicomte... Léonidas, ne pousse... (*Un éternuement l'empêche d'achever; la pile s'écroule sur Scipion, qui se débat.*) Malheureux Léonidas, tu écrases ma créance... (*Il fait le tour du bois écroulé pour aller au secours de Scipion. Bamboche tenant Régina dans ses bras paraît sur la galerie.*)

BAMBOCHE.

Pas d'issue, nous sommes perdus... Ah! une corde... mon ancien métier! (*Il enjambe la galerie; prend son aplomb sur la corde et commence à descendre; quelques paysans traversent la scène en criant : au feu!*)

MARTIN, *entrant par la gauche.*

Quel est ce bruit?

BASQUINE, *entrant par la droite.*

Au feu! au feu!...

MARTIN.

Le pavillon! Régina!

BASQUINE *se jette à genoux devant Martin qui va se précipiter en lui criant.*

Regarde!... (*Elle lui montre Bamboche qui, tenant toujours Régina dans ses bras, franchit sur la corde l'espace du pavillon au moulin.*)

MARTIN.

Sauvée !... (*Au moment où Bamboche atteint le moulin, la roue, entraînée par l'eau, tourne, le pavillon s'écroule sous les efforts de la corde; Régina et Bamboche disparaissent. On a vu la Lecrasse monter sur le monceau de bois et tendre la main à Scipion qui se débat à demi-écrasé : les débris du pavillon les ensevelissent tous deux.*)

BASQUINE et MARTIN.

Perdus !

MARTIN.

Régina ! (*Il court au moulin, Basquine est soutenue par quelques femmes qui viennent d'entrer.*)

## SCÈNE XI.

*Pendant ces derniers moments, la scène s'est garnie de paysans qui accourent de tous côtés et apportent du secours ; une chaîne s'établit.*

MARTIN, *rentrant avec un cri de joie.*

Sauvés tous deux ! (*Il montre Bamboche qui apporte Régina à demi-évanouie.*)

BAMBOCHE, *s'essuyant le front.*

La voilà !

MARTIN, *l'embrassant.*

Qui pourra jamais reconnaître ?...

BASQUINE, *quittant Régina et allant à Bamboche.*

Bamboche, je t'ai aimé jusqu'à présent comme un frère, maintenant veux-tu de moi pour ta femme ?

FIN

BIBLIOTHÈQUE ROYALE

Imprimerie Dondey-Dupré, rue Saint-Louis, 46, au Marais.

www.ingramcontent.com/pod-product-compliance
Ingram Content Group UK Ltd.
Pitfield, Milton Keynes, MK11 3LW, UK
UKHW031909260826
14628UKWH00003B/1079

9 782019 698652